U0595443

为自己创造不止一个世界

王蒙——

著

河北出版传媒集团

河北人民出版社

石家庄

图书在版编目（CIP）数据

为自己创造不止一个世界 / 王蒙著. -- 石家庄：
河北人民出版社, 2022.1
ISBN 978-7-202-15374-1

Ⅰ.①为… Ⅱ.①王… Ⅲ.①散文集 – 中国 – 当代
Ⅳ.①I267

中国版本图书馆CIP数据核字(2021)第046244号

书　　名	为自己创造不止一个世界	
	Wei Ziji Chuangzao Buzhi Yige Shijie	
著　　者	王　蒙	
责任编辑	李　耘	
美术编辑	李　欣	
封面设计	张合涛	
责任校对	余尚敏	
出版发行	河北出版传媒集团　河北人民出版社	
	（石家庄市友谊北大街 330 号）	
印　　刷	北京盛通印刷股份有限公司	
开　　本	880 毫米 × 1230 毫米　1/32	
印　　张	7	
字　　数	108 000	
版　　次	2022 年 1 月第 1 版　　2022 年 1 月第 1 次印刷	
书　　号	ISBN 978-7-202-15374-1	
定　　价	46.00 元	

版权所有　　翻印必究

目
录

为 自 己
创 造
不 止
一 个 世 界

第三章　老子的帮助

第四章　大师小议

第五章　好好读书

第六章　说知论智

第一章

一点祝愿

／

为自己
创造
不止
一个世界

我希望新的世纪人们有更多的思考、诚实、谦和与实干。让我们生活的这个世界少一点危险，多一点清明的信心。

为自己创造不止一个世界

　　为自己创造不止一个世界，这是又一个忠告。一个人需要的世界不止一个，你应该有自己的事业，应该有自己的家庭，如果你选择了独身，就是说应该有自己的私生活，应该有自己的爱好——不论别人看得上或是看不上你的爱好。应该有不止一方面的专长，应该有自己的阅读审美收藏记载的习惯，应该有自己的梦自己的遐想自己的内心世界，至少还应该有自己的爱好自己的娱乐自己的癖好。在工作不太顺心的时候，你至少可以在家里在自己的住所里得到温馨得到慰藉得到欣赏、陶醉和补偿。政治运动期间常常批判"避风港"，太妙了，避风之港也。这是一个躲避至少是缓解灾难，保持稳定，休养生息，保护有生力量的处所，这种"避风港"为国家为人民为自身作出了很大贡献。没有"避风港",经过政治运动的地毯式的轰炸,还能有几个有用之才留下来?还能有今天这样改革开放的大好局面吗?

在出现莫名其妙的灾变的时候,你至少可以听听音乐养养花摆弄摆弄宠物写两篇不一定发表的诗。当某种专长一时派不上用场的时候,你还有别的专长可圈可点可以一展身手。在新疆时我无法写作,但我至少还可以当维吾尔语与汉语之间的翻译,而在多民族聚居的地方,翻译是非常重要的。我还看到过一些有自己的专业特长叫作有一技之长的人,年龄到了,从官职上退下来以后,立即投入了自己的专业活动专业实践,这边"下台",那边"上台",这边隐退,那边复出,妙矣!如鱼归海,如鸟飞天,得其所哉,生活又是一个开始。而那些除了开会传达文件别的什么都不会干的人,退下来以后真是空虚寂寞难以排遣。没有特殊的专长,至少可以有一点兴趣癖好,你爱养花,你爱养猫狗宠物,你收藏,你集邮,你临帖,你喜欢打牌,你喜欢烹调,这都是你的自得其乐的世界。到了自己有几个世界的程度,你就永远立于不败之地了。相反呢,你就会看到一些偏执者自私者鼠目寸光者动辄走投无路,狼奔豕突，呼天抢地，日暮途穷，煞是可怜亦复可笑可叹。

　　既要集中精力又不可单打一，把自己紧绑在一根绳子上，个中相克相生相补充相违拗的关系只能在实际生活中摸索。多几个世界并非彼此对立的，专心致志也并非只认一根绳子，没有活泼的思想，哪会有活泼的人生！

　　当然，这同样没有铁的同一性，有的人一辈子就爱一件事，就钻一件事，就干一件事，再无爱好，再无旁骛，为一件事献出自己的一切，并取得了辉煌的业绩，怎么办呢？让我们向他或她致敬就是了。

人在境遇中的主动性美德

不论处于什么情况下，下列美德是值得赞美的：

第一，清醒。能看到事物的各个方面各种可能，各种不同的道理的产生的依据，共存的现状，与相反相成互悖互补的关系。保持适度的超脱，保持一点观察的距离，保持非情绪化与非个人利害化的客观与全面，这些都有助于保持清醒。拒绝造势，拒绝连蒙带唬带恐吓，拒绝用人多势众代替思考和检验。

第二，思量。从不同的角度，不同的线路反复思考一个又一个重要的问题。可以从结论来推前提，也可以从前提推算后果。可以逆向旁向论证，即为了论证必须如何，先论证如果不如何而成为另一种如何将会怎样。可以考虑一万，即正常情况下的必然性和可预见性，也可以斟酌万一，即不可预见性与破例的可能，极小的可能，变异的可能，偶然的可能。为了闹清A是不是等于B，可以先弄清A与B各自与CDEFG直到X的关系，再研究CDE与VWX的关系。也可以先考察绝对不等于A的Z与B的比较。顺着，倒着，逆着，增加着，减少着，变动着，都是你思量的方法。

第三，达观或者豁达。情感状态与人生态度息息相关，而这又是有传染性的。一张快乐善良的面孔会唤醒与换来无数旁人的快乐与善良，而一双恶狠狠的狼眼，必然会引起警惕与躲避。无理搅三分的不吃亏，可能由于旁人的避让而动辄"取胜"——自以为得计，但最终他或她失去的仍然比得到的多，他或她引起的只能是厌恶与轻蔑。而这样的人才是最可爱的：

（1）不愉快的没有意义的事，尽快忘记。

（2）小小不言的挫折不存盘。

（3）从一切挫折中学乖，长出息。

（4）随时看到希望，看到新的可能性。

（5）相信自己有许多友人，如果今天确实还没有，明天一定会有。

（6）相信对立面中的人也会转化，如果今天还死缠着你，明天就会有点变化。

（7）相信时间，时间对善良有利，对智慧和光明有利，对阴谋不利，对狭隘不利。

（8）把握住自己，任凭风浪起，稳坐不需要船。

（9）相信什么难题都有解开的那一天，今天你无法办的事明天就会有办法，宇宙有办法，光阴有办法，历史有办法。你的天大的危难对于历史来说，连小菜一碟都谈不上。

（10）相信事物多半有不止一种解决的办法，相信选择的可能性，变通的可能性，也有时是不了了之的可能性，进入自由王国而不是必然的王国。

（11）相信自己有很多有意义的事等待去做，自己很忙，自己没工夫唉声叹气自怨自嗟咀嚼痛苦奉陪纠纷。

（12）相信挫折是不可避免的，不挫折在这里就挫折在那里。得失也是大致平衡的，不失在这里就失在那里，这里失了，那里会得，这里得了，那里会失。这里的挫折提醒你防备了那里的更大的危险，所谓破财可以免灾，小病可以免掉大灾。这里的小失也许同时准备着那里的大得，那里的小失也许准备着这里的大得。

第四，主动性。把命运掌握在自己手里，依天行健，自强不息。关键在于什么情况下都有事干，至少是有科目要学。任何情况下都要找到自己的位置，自己的活计，长进的可能，积累的可能。找不到百分之百的可能就找百分之一的可能或千万分之一的可能，一点点可能也要发挥其作用。而毫不在乎有什么说法，有什么眼神。

第五，乐群、合群。在群体中感到有趣而不是痛苦，三人行必有吾师，而绝非三人行必有吾仇。

第六，适度的矜持。从而有所不为，有所不争，有所不言，有所不问。

第七，情趣。盎然，充沛，丰富多彩，津津有味，勃勃生机，其乐无穷。绝对不是贫乏、枯槁，单薄可怜，索然无味，死鱼眼睛，其苦无比。

第八，集中精力，长期不懈，百折不挠，务求做好本来就应该做好也可以做好的一件或几件事。

别以为自己就是尺度

人最容易犯的错误有三个：第一是过高地估计了自己的力量，过低地估计了与自己不同的人的力量；第二是以自己为尺度衡量旁人；第三是面对严重的问题，常常抱侥幸心理。

现在谈第二个问题，即以自身为尺度的问题。说来有趣，你所喜爱的，以为旁人也喜爱；你所恐惧的，以为旁人也恐惧；你最厌恶的，以为对旁人也有害。其实，事实往往并非完全如此。

我曾经竭尽全力地把年轻时候喜欢唱的歌、喜欢读的书推荐给我的孩子们，孩子们嘲笑我唱"胜利的旗帜，迎风飘扬"和"灿烂的太阳，升起在东方"之类的词，他们说:"您那时候唱的歌,歌词怎么这么水呀?"我感到奇怪,因为我觉得他们唱的歌词才不成样子呢。直到过了很久,我才悟到,一代人有一代人的歌,他们有时会接受一点我的所爱,但是他们毕竟有自己的所爱。生活在不同的时代不同的背景下面,不可能各方面都一致。

我发现,人的这种以自己的好恶为尺度来判断事情的特点,几乎可以上笑话大全。一个母亲从寒冷的北方出差回来,就会张罗着给自己的孩子添加衣服。一个父亲骑自行车回家满头大汗,就会急着给孩子脱衣服。父母饿了,也劝孩子多吃一点,父母撑得难受了,就痛斥孩子太贪吃。父母寂寞了,责备孩子太不活泼。父母想午睡了,越发讨厌孩子弄出的噪音。父母想读书了,发现孩子不爱学习。父母想打球了,发现孩子不爱体育。父母烦心的时候就更不必说了,一定是看着孩子不顺眼了。

上一代人对下一代人的消极评价,究竟有多少是靠得住的?有多少是以己度量人度量出来的?反过来说,下一代人不是也以自身当标尺吗?当他们看到上一代人已经发胖、已经白发、已经不懂许多新名词的时候,他们是多么失望啊。你怎么不想一想，老一代也大大地火过呢。英语里有一句谚语："每一条狗都有它自己的时代。"上了年纪的人与年轻人之间，多么需要更多的相互了解。

我无意用简单的进化论观点，来认定新的一代一定胜过上一代，至少，人们是发展变化的，社会是与时俱进的，科学技术、思想理论、生活方式直至价值观念都是不断发展变化的。你高兴，认为它越变越好，它会变化；你不高兴，断定它越变越坏了，它照旧变化。你给以很高的评价，它要变；你评价极差，认为是一代不如一代，全是败家子，它也要变。

我不想轻率地对这种变化做出价值判断，前人的许多东西，都是需要继承、需要珍惜的，后人在变化中得到进步、得到崭新成果的同时，也会失去一些好东西，付出一些也许是太高了的代价。但是，想让下一代人不发生任何变化，是不可能的。只有理解这些发展变化，才能占据历史的主动性，才能取得教育或影响下一代的主动权，也才能赢得下一代人的信赖和尊敬。同时，年轻人只有把前人的一切好东西继承下来，才有资格谈发展和创造。

一点祝愿

　　我没有能力思考整个长达一百年的二十一世纪，我只能考虑考虑新世纪的前若干年。我希望进入二十一世纪人们（包括我自己，下同）能比过往的世纪更聪明一点，至少是更明白一点。例如，不再把吹牛皮当作成绩，不再把摆姿势当作境界，不再把甜言蜜语当作取舍标准，不再把恶意攻击当作战斗，不再把大轰大嗡当作力量的显示。

　　就是说，不再轻信假大空，不再轻信脱离生活的洋、土、秀才、博士和党八股，不再祭起一个名词就膜拜不已。

　　同样，也不再把某个评价某种虚名某项承认视如天神，不再相信世上有一种特异功能可以摧毁一切常识和常人的需求，可以使煤炭变白而使冰块变暖；不再孜孜于某个虚妄目标，为了某个一厢情愿的目的而不惜付出不应付出的代价。

我希望在新世纪人们多一些大度和远见，不再一输球就骂裁判，一赢棋就夸大人云，不再一言不合就恶语相加，不再动不动怀疑与自己意见不同的人是别有用心，不再急赤白脸地争一日之短长还要拉出大旗唬人，不要动不动采取自己所认定的假想敌的卑劣手段，也不再因为米饭里发现了一粒直到许多粒沙子就丧失对于人类、民族、集体和个人的信心。

我希望人们特别是同行们懂得发现与揭露别人的缺陷哪怕是真正的要害缺陷，也只能证明别人有毛病，并不证明你没有毛病；别人没有成功哪怕是真正的丢人现眼的失败也只能证明他或她不走运，并不证明你的成功与幸福。

反过来说，你窝里横窝里斗窝里吹关上门图吉利倒也是你的自由，却不一定作数。其实窝里的英雄最好还是关起门来埋头苦干，拿出实际的成果。

我希望新世纪人们多一些善良和耐心：宁可相信不同

意见是别人有他或她的特殊角度；相信自己的不顺心除了旁人的责任也有自己的责任；相信世界上确有许多麻烦，但是大部分人不一定比你坏，就是说换一个位置，你的记录不一定比他或她好多少。

　　总之，我希望新的世纪人们有更多的思考、诚实、谦和与实干。让我们生活的这个世界少一点危险，多一点清明的信心。

我们搞的都是人学

我这个人不是运动员，生来身体瘦弱，很羡慕运动员。过去，看到运动员身体是那么健壮，我很惭愧，甚至感到像我这样体质差的人活着是个耻辱。后来我下决心锻炼，游泳能游一千米，跳水能从五米高的山崖上跳下去。我还有一张跳水照片，不过姿势是不正确的，腿是弯曲的，不是直立的，但是头是朝下的，是倒悬的，而且那是在新疆，水很凉，我很引以为豪。我想我们搞文学的和搞体育的，都是搞的"人学"，为了使人获得健康的、美好的体魄和灵魂。林彪、"四人帮"视人民如草芥，极力贬低人的价值、人的尊严，使人们丧失理想和信心。我们的文学工作和体育工作，就要唤醒人们相信自己的力量，锻炼、充实、发展和完善自身。我们不是虫蚁，我们是人，而"人"是应该大写的，应该是健壮的、崇高的、能干的人。所以，我们要努力写作，也要努力锻炼身体，文学和体育的目的是一样的。没有人的充分的、全面的发展，实现四个现代化也是不可能的。

为自己
创造
不止
一个世界

第二章

过程即价值

为自己
创造
不止
一个世界

愈是谈到大的问题包容一切的问题就愈是难于讲座和取得一致的意见。谈到人生的终极目的就不能仅仅用常识来解答疑惑了。与无限长远的永恒与无限辽阔的宇宙相比较，人类特别是人类个体就渺小得可以不计了。

"低调原则"与"价值民主"

　　这种有所不为的原则也可以说是一种低调原则。低调是什么意思呢？不是不求上进苟延残喘的意思，不是得过且过媚俗投降的意思，不是和光同尘濯泥扬波的意思，甚至也不仅仅是韬光养晦充实自身的意思。除了该否定的必须否定，做人必须有底线以外，我所说的低调原则还意味着：

　　第一，面对现实，实事求是，而不是愤世嫉俗，大言炎炎。例如看一个人，如果他没有那些绝对不可以的干事记录，这就基本上是个好人，任何人没有权利由于他或有的平庸未能免俗而敌视之污辱之。对于自己也是一样，你只能做应该做与可能做的事，你只能循序渐进，你只能逐渐积累，尊重客观规律，你不应该为了不可能实现的狂想，而麻烦自己与旁人。

第二，你可以为自己树立超高的标准，这是非常可敬的。但是你没有可能以个人信奉的超高标准来规范旁人命令旁人指责旁人。你没有权利以最最崇高的理念为根据而漠视普通人的正常利益正常生活。

第三，你将避免极端化绝对化唯意志论非此即彼的价值标准与思想方法，你将有可能面对和承认大量的处于非此非彼亦此亦彼的中间状态灰色状态的人众和选择，以一种相对比较平衡和冷静、全面和通情达理的心态来处理面临的一切挑战，而不是动辄铤而走险，动辄翻脸不认人，动辄宣布自己是终极真理的发现者与占有者，而与自己稍有不和的人都是该诛该灭的蛆虫，这就为我们的社会减少邪教和迷信法西斯主义与冒险主义恐怖主义假大空教条主义滋生与发育的土壤而打下了思想基础。

第四，讨论人的有所不为的底线，同时不统一做人的共同的标杆，承认价值的统一性，同时承认多样性，大狗活小狗也要活，大象固然威风，小羊也自可爱，银杏可以千载，小草可以一岁一枯荣，用不着有你没我，也不必傲视与自己非属同类从而并无可比性的种群。这是一种价值民主。

第五，以这种态度处世待人，我们也可能犯错误，也可能放过了本来应该声讨之消除之的坏人坏事，也可能降低了一些本来就胸无大志的人对自己的要求，乃至于也可能给犬儒和乡愿大开绿灯。是的，我承认这些，世间本没有万全的策略万全的命题，更没有万全的表述语言，低调原则的说法也可能会付出自己的代价。但是，持这种态度的人发现了自己的失误，相对比较容易弥补和纠正。如果你发现自己该激烈的时候硬是没有激烈，该坚决的时候硬是没有坚决，该出手的时候硬是没有出手，很好办，那就激烈一次吧，坚决一次吧，出一次手吧，你会有机会的。人生除了低调原则以外还有是非的标准，还有刚正原则、斗争原则、坚定原则和理想原则即为理想不惜牺牲自我的原则。一个低调原则对于人生当然远远不够，低调的同时不排除必要时的斗争和高音强音，正如预防为主的原则绝不意味着有病不治有急腹症不上手术台。而如果你是高调论者，你弄好了很了不起，弄不好却会成为牛皮哄哄的空谈家、误事者甚至伪君子，而且纠正起来要麻烦得多，困难得多。

第六，讲低调还为了下一步路好走，下一步棋好下，下一个小节容易调好弦音。几十年来我也屡屡看到高调论者的尴尬，他们说个什么事表个什么态都把话说狠说绝说大说到百分之八百，他或她可能当时赢得了一些掌声至少是震动，可能当时显得很刺激很过瘾，那么请问：下一步措施，下一步奉献，下一个节目是什么呢？你能绑上浑身的手榴弹向前冲锋吗？你能杀一批关一批办一批废一批吗？你能突然发功打下一架飞机或揪出一名贪官来吗？你能三下五除二把中国变成你希望的那个样子吗？都办不到，岂不丧气扫兴？要不，你准备就此自杀至少是砍掉自己的一根手指吗？或者，你只好逐步降低了调门，显出了说大话不腰疼的不负责任的狡猾与走向疲软的窘态？而如果你的调门适当地悠着点，留有余地，不是会越走路越宽吗？

第七，一个低调原则，是由于中国的国情，我们与欧洲不一样，我们的社会生活社会哲学里比较缺少多元平衡多

为自己
创造
不止
一个世界

元制衡即互相制约的观念。我们比较容易一个时期刮一种风，叫作"一窝风"，叫作把理念的条条框框放到了至高无上的地位，叫作存天理灭人欲，杀身成仁，舍生取义，朝闻道夕死可矣，还有饿死事小失节事大，我们一直富有激情和高亢的调门。历史上我们往往沿着一条线走下去直到实在走不通了，最后碰壁碰得头破血流了才开始转弯，转完了弯以后又是直线硬走下去，直到碰另一种壁。那时我国的智者绝不缺少灵动和机敏，因此发明了三十年河东三十年河西的说法，叫作不为已甚，叫作中庸之道，就是说反对过分的极端主义。

中庸之道的说法本来很有点意思，很有点学问，既易于普及又切中要害。但中国是一个人口大国，是一个教育不够发达不够普及的大国，中国文字学起来又比较困难，大家都习惯于望文生义，不求甚解，通俗简明，偷工减料。于是什么是中庸呢？原来是又中又庸，又呆又平，一副傻兮兮的样子，而且你也中庸我也中庸，强盗也中庸贪官也中庸，越是坏人越希望你中庸兮兮，于是中庸云云变成了腐朽的破烂货，变成了白痴和昏虫的哲学啦。

"三分之一律"与黄金分割比

　　请允许我用半通不通的数学方式再谈谈低调原则。据说当年周总理有一个说法，他要求外事干部在涉外活动中饮酒只饮自己酒量的三分之一，我们姑且称之为"三分之一律"。这说明，有一类事情，做满了，百分之百了，是有危险的。必须留有余地，而且是很大的余地。不是一切事情都要全力以赴，志在必得的，恰恰有些事只能三分力以赴，志在不得。前面在讲到人际纠纷的时候我也说过了，在这些纠纷问题上，偶一反击的话，也最多只发三分力。在为个人争点什么利益上，在自己的成果受到多少肯定的评价方面，在发布自身的计划、成就和自我评价上，在一些相对鸡毛蒜皮的问题上，在动用自己的影响和权力方面，多数情况下，也应该是以三当十，十分本钱用到三分，适可而止，不可声嘶力竭，不可努筋强项，不可捶胸顿足，更不可连蒙带唬，超支透支，开空头支票。而有的人，有了屁大一点成绩或者芝麻大一点职位，就疯狂张扬，发烧到极点，不可一世，闹得偌大一个中国装不下他，竟然把十分本钱当作一千分来用，暴露了自己小人得志的可悲与可笑，不久碰壁，又是急火攻心，痛不欲生。这叫人家说什么好呢？

例如有的人为了看演出的票好不好也能生一场气也能惊动领导。窃为之打算，这种事有什么不好办？和做具体工作的人士商量商量，再不行委托一个人，拿上二百块钱还买不来好票吗？锱铢必较的结果是较之无趣、无力、无益，是"狼来了"的故事——真需要较真的时候反倒没有人注意没有人理睬了，是自己的全面贬值，是只能掉自己的价。

也许另一个关于黄金分割的公式更适合这个话题。一个线段，最美的分割是使之做到全线段与大线段的比，等于大线段与小线段的比，这又叫作内外比。设大线段为a，小线段为b，则a+b=a:b。如果全线段为十分，那么大线段应是6.18分，而小线段为3.82分。设你的能力是10分，你得到了3.82分的评价或回报，足可以了。你做出的成绩，应该力争不少于6.18分，而你的学习你的投入你的奋斗精神，应该只多于而绝对不少于10分。符合这个黄金分割的比例，你的形象是美丽的。如果你的获得超过了38.2%，你有可能被认定为一个侥幸者投机者早晚要跌下来者，春风得意于一时，不等于春风得意于永久。如果你的贡献少于61.8%，你会被认为是一个志大才疏者，乃至你有没有十分能力也颇成问题。而如果你不肯投入十分，学习十二分，那么你不过是白白糟蹋了自己的材料。反过来说，由于客观或偶然的原因，你的贡献天大，生前并未被承认，别说38.2%了，1%也没有，例如《红楼梦》的作者曹雪芹，那确实是不幸者了。但从另一方面来说，他毕竟完成了《红楼梦》的大部，他的作品无与伦比而且名垂青史，研究他与他的作品成就了一门独特的学问。幸耶非耶？我们应该怀念这些不幸者这些奠基者与种树者，这些非凡的人物，并为我们毕竟生活在更好的条件下而庆幸。而反躬自问，我们能够向人民贡献出点什么来呢？

用数学方式谈人生际遇与主观努力，不过是取其大意而已，反正这样分割一下，比三分成绩闹十分待遇，或者一分贡献，闹十八分意见发十八分牢骚好。

生命的"意义原则"

　　我想谈一下意义原则，就是说我们的一生，我们的每一天每一刻应该尽可能地过得有意义些。什么叫意义？意义与目标不可分。你的目标是争取当上世界冠军，那么你的一切刻苦训练都是有意义的。你的目标只是一般的健身和娱乐，训练方法就与专业运动员有许多不同。微观的意义比较没有太多争议，例如每天刷牙，对于洁齿是有意义的，而洁齿几乎是没有争议的。至今我还不知道有什么党派学派坚持牙齿愈脏愈好。但即使刷牙也不是全无争议，有一种主张认为现今的刷牙方式于牙齿无益，有益的方法应该是使用牙线剔牙。每天要用餐，吃的东西应该讲卫生讲营养也争议不大，但也有争议，如有的人认为非吃野生动物珍稀动物以及一些稀奇古怪的东西才能"大补"。愈是愚昧无知的地方愈会有一些匪夷所思的饮食习惯。我们的气功里也有练"辟谷"的，对此我实在无法接受，但又想它大概客观上是一种减肥的中国特色的方式和说法。原来，一切意义都几乎是有争议的，争议并不妨碍我们认为它有意义，也不妨碍我们去做我们认为大致有意义的事。例如，未必有哪个人因了意义之争而停止刷牙，也未必有哪个人因了饮食习惯的不一或对于辟谷的认识之争而长期停止吃饭。

愈是谈到大的问题包容一切的问题就愈是难于讲座和取得一致的意见。谈到人生的终极目的就不能仅仅用常识来解答疑惑了。与无限长远的永恒与无限辽阔的宇宙相比较，人类特别是人类个体就渺小得可以不计了。是的，当分母是无限大的时候，与之相比的人也好蚁也好菌也好，或者地球也好太阳系也好，一个与几个银河系也好，蜉蝣之一朝一夕也好，人之不满百年也好，古柏之五千岁也好，都是同样地几乎没有区别地趋向于零，趋向于可以略而不计。从这个意义上来说，也许论述人生的无意义有它的合理的一面，也许论述时间与空间的无限与人生的短促有助于使人的心胸开阔气象宏大，也许这种念天地之悠悠独怆然而涕下的心绪带几分终极眷顾的宗教色彩，也许一种空渺无边乘扶摇遨游九万里或九万光年的感觉能使你成为哲人诗人政治家思想家甚至苦行僧和传教士。但这只是思想运动的一个向度，从有限走向无限，从现实走向茫茫，从形而下走向形而上。但是同时，这里有另一个向度，就是说在无限的永恒与宇宙之中，你的目光投向任何一个点一个面一个体，都是具体的、相对的、真实的、充满活气的、多彩多姿与意义分明的。中国唐朝有唐朝的气象和追求，英国维多利亚时代有维多利亚时代的奋斗与光辉，无限之气已是无限，不在于它是零的集合体，而在于它是无数个有限，无数个相对的长远与阔大、诚实与进步、创造与发明的积累与延伸。鹦鹉学舌似的学着现代后现代的口吻讲一点颓废。聊备一格或者提供一种基本上是想象的消极的人生图画以供参照思考或谓并无不可，然而是当不得真的。欧美哲学家文学家大讲人生的虚无也许是可以理解的，他们有强大的基督教传统神学传统与神学基础，他们从虚无中坠下，基督和圣母在那里接着，从空虚中跌下的人们至少可以掉到宗教和神学那里，他们讲的虚无还有体制上的意识形态上的自由主义保证，你讲你的搞你的虚无，我抓我的效率和最大利润；你讲你的搞你的反战，我搞我的导弹计划；你搞你的绿党，我当我的总统总理轰炸我的科索沃。在几万几十万或者更多的能人讲怎么样改进电脑怎么样赚钱怎么样争取同性恋者的权益的同时，有几个教授讲人生的终极的虚无确实显得卓尔不群、振聋发聩、如沐冰雪、当头棒喝，如给热昏者调一客薄荷冰激凌，使陷入物质欲望永无超度之日的人们关心一下自己的灵魂自己的价值系统自己的良心自己的噩梦。但是在我们这里，在一个大面积的人口摆脱贫困即将全面建成小康社会的地方，在一个绝不动摇马克思主义在意识形态领域指导地位的社会主义大国，在一个生存权才是人权的首要关注的发展中国家，在一个忙于迎战春天的沙尘暴夏天的洪水加干旱以及假冒伪劣与腐败正在逐步被清除的14亿神州，舶来的虚无主义颓废主义也许只能造就出吸毒酗酒和信口开河的牛皮大王来。

好了，让我们暂时把时髦的虚无主义颓废主义请到一边。真理总是具体的，虽然我不反对抽象思维的享受也不反对抽象真理，如果您老能拿得出来点新鲜货色的话。至少我们应该承认真理的具体性，承认真理与一定的时空条件的联系。那么意义也从来是具体的，因为人生是具体的。我们也许有能力想象亿万斯年后的与亿万光年远的世界，却难以有能力思考我们的意义对于无限大无限远的时间与空间意味着什么。如果不是与终极比较，而是将一个贩毒犯与一个种子专家比较，将一个清廉的公务员与一个因贪污受贿而被处以极刑的腐败分子比较，也许意义的问题并不神秘，也许意义在各有选择各有侧重难于划一的同时，也有它的许多可供参考的共同或大体类似的价值标准。小而至于良好的生活习惯待人接物，大而至于学习工作事业方向，我们可以选择更有意义的事去做和多做，而少做无意义的事。

因人而异的意义选择

　　当然意义的选择也是因人而异的，有的倾向于集中精力时间艰苦奋斗，有的倾向于潇洒快乐听其自然，有的追求卓越完美出类拔萃，有的随遇而安知足常乐。有鲲鹏展翅掀动扶摇羊角的，也有蓬间雀叽叽喳喳的，毛主席很看不起蓬间雀，但是你难于否认世界上蓬间雀大大多于鲲鹏的现实对比。有伟大的呼风唤雨叱咤风云者，也有漫山遍野的小草和永不生锈的螺丝钉。难以一概而论，尤其是不可以由于自己选择了伟大完美鲲鹏和呼风唤雨便对渺小者弱小者恶言相加，只要渺小弱小者没有违背我们最初讨论过的否定原则的话。

　　意义也就是价值，而人生的价值并不是绝对一元的，毋宁说是多元的。我的体会，在人类性的国家性的人民的与群体的共同价值追求——诸如和平、发展、进步、民族复兴、人民福祉、国泰民安——下边，个人人生的价值追求大体可以分成几种类型：

第一种是事业型的。从事科学艺术政治商业体育军事……而能成绩斐然，为社会所承认，为国家民族带来好处，为自己也为家人带来荣誉，当然是一种意义一种价值，是值得为之奋斗为之付出代价的。

第二种是本分型或健康型的。即本人并无特殊成就特殊贡献，但是完成了一个公民，一个从事某种职业的人员，一个家庭成员的基本义务，诚实劳动，正常享受，享其天年，天伦常乐，尽其所能，有益无害，利人利己，其价值意义就在好好地生活本身。既然来到世上，就好好地过一辈子，自己过好了，纳税出工，遵纪守法，也就是对集体、国家、社会的最大贡献，虽不显赫，却也可嘉。一个社会越是正常越是稳定，这样的人就会越多。把自己的事办好了，把自己照顾好了，也就是对朋友、对群体、对社会乃至对亲友的最大帮助。我就常常对子女讲，我们不需要你们晨昏问安侍候，你们把自己的事做好了，不给我们添忧，让我们高兴，就是对父母的最大心意。反之亦然，我们生活自理，健康快乐，也就是对子女的最大慈爱。

第三种是性灵型或潇洒型的。坚持个性，我行我素，情趣丰富，自得其乐，或爱唱，或爱书法，或爱弈棋，或爱饮酒美食旅行体育乃至风流倜傥……不是专业，不事功利，但求快乐，但求尽兴。这样的活神仙式的人物不是每个人都做得成的，他需要一定的物质条件，更需要自得其乐不受其他引诱的心理素质，只要所作所为不违公益，当然也活得令人首肯。

第四种是轰轰烈烈型或爆炸型的。喜欢迎接挑战，喜欢言人之所未言，行人之不行，一部分人奉之若神明，一部分人视之如怪兽，你可以讨厌他讽刺他批判他，然而他乐在其中风头出尽便是价值。

我在这里不想尽析各种活法，也有的人是兼有几方面的特质的。我意只在说明，人生的价值是有几把尺度的，不可强求一律，不可以己之尺去量度与自己追求不同的人，不可只看到事物的一面而看不到另一面。

过程即价值

　　所以在这里讲因人而异的选择，既是为了待人时避免偏执，也是为了使自己的追求更丰富更有活力更能适应与改变各种不同的情势。

　　我少年时渴望做一个职业革命家，做一个献身者、救世者、冒险者、浪漫人。后来随着第一个五年计划开始实行，我曾经梦想学习建筑，去盖无数高楼大厦。学建筑未能成为事实，我乃投身写作，如醉如痴。在1957年、1958年反右运动中翻身落马，基本上失去了写作的可能，我当然很懊丧很痛苦，但是在农村这一新的环境中我仍然学到了很多东西，体验到了全然不同的生活情调、方式与乐趣，也接受了各种艰难困苦的考验和锻炼，大大丰富了自己，使自己慢慢成长起来。如此这般，我的追求我的价值并非只有一条窄路，我较少有走投无路的感觉，我不可能完全被封杀，我既执着于学习进步，又不纠缠于当时做不到的事，不走死胡同，不灰心丧气，不无所作为，又不见异思迁。

价值是一种理想，是一个标准，价值又必须根据现实而扩充而调整而发展，还要通过一定的作为创造价值的存在依据和实现价值的可能性。价值需要坚持需要奋斗需要不懈努力，价值需要不断从生活中汲取新的活力，叫作别开生面。价值本身就是无止境的，爱情、友谊、事业、专长、名誉、影响、德行、贡献、风度、健康、快乐、光明和智慧，都是一个永远奋斗的过程，任何一个活人，都不会达到顶点，不会至美至善，再无余地。价值是一个系统，是对于社会对于群体的奉献与个人的能量发挥个人的全面幸福的完美结合。有些时候价值又是冷峻的庄严的，它要求你在必要时做出郑重的选择，不怕做出牺牲，不怕放弃一些次要的价值，直到不惜牺牲一切包括生命。

也许这本身就是一种极其珍贵的价值，你能够不断地坚持你的价值，充实、发展、创新你的价值观，增加你的价值追求的活力，增加你的人生的丰富多彩与生机勃勃。实现价值的过程本身就是一种价值，你的有生之年，每一天每一小时每一分钟，都将是有价值的可喜的与光明的。

命运的数学公式

　　这里应该是有一种类似数学的概率定则在起作用。我在一篇小说里曾经谈到，有一个骗人的游戏，是我在北戴河海滨第一次看到的。经营游戏者放四种不同颜色的玻璃球在口袋里，每种颜色的球都是5个，然后让人从口袋里摸10个球，并规定了不同出球的比例下的不同的奖惩方法。他的规定是摸出来的球是3322比例的（即A、B两种颜色的球为三，C、D两种颜色的球为二，或A、C三，B、D二或其他），玩者要罚款5元；如果摸出来是4321或3331，玩者罚2元；如果摸出来是4222，为五等奖，奖励一个小海螺或一个钥匙链之类；如果是4330或者4411，为四等奖，奖励一盒进口香烟；如果是5311，为三等奖，奖励一个机器人玩具；如果是5410，为二等奖，奖励一条进口香烟；

为自己
创造
不止
一个世界

而如果是5500，为大奖，奖励一台摄像机。表面看来，似乎是得奖的机会多于受罚的机会，而且是免费参加摸奖，只缴罚金，不用"入场券"。于是许多人上当来玩儿这个所谓"免费游戏"。然而我冷眼旁观，十之八九摸出来的是3322，十分之一二摸出来的是4321或4330，偶然有人摸出4222或4411或4330。至于摸到5500的从未一见。摸不着奖反而受罚的人大骂自己的手臭，乐坏了设局者。我回家后用扑克牌或麻将牌也试过，同样是十之八九是3322，十之一二是4321或4330。

就是说，一切机会趋向于均等，不是你3，就是我2，不是你4（已经少见），就是我3，独占两个5的可能几乎近于零，独占一个5的事也很难发生。我称之为命运的数学意义上的公正性。这是一个丝毫也不复杂的概率问题，数学家当可为之列出公式。

与此同时，机会又有一种参差性、不相同性、偶然性。如果你放的不是20个球而是24个球，如果你要的不是3322而是3333，你反而得不到成功。3与2是一重参差，一重相互有别，球的颜色又是各自不同，各次不同，形成第二重参差。假设四种球的颜色分别为红黄蓝白，红3蓝3，黄2白2是3322，红3黄3蓝2白2也是3322，然后是红白蓝黄、白黄红蓝、白蓝红黄等也都可排成3322，既相同相对公正又不同，变化多端，参差有致，难以琢磨。呜呼，数学之道，大矣！

从中我思索了良久，我想这就是命运，这就是机会，这就是冥冥中的一只手。对于无神论者，命运是数学的公式和规律，数学就是上帝就是主。你想占有一切好运，或者你埋怨一切霉头都降临于你，这就与声称自己总是得到5500一样，不是完全不可能，但机会极少，概率极低。真得到这种点数，就像买彩票中了特等奖，就像坐飞机碰到了空难，谁也挡不住，谁都得认命。想明白了这一点，我们可以少一点怨天尤人，少一点愤愤不平，少一点妒火中烧，少一点含屈抱冤，少一点悲观失望。

当然，这个说法不能用来掩饰生活现实与现行体制上的缺点，甚至于我们可以说，社会问题之所以有时出现恶性癌变，就在于体制上的毛病或特权或不良风气或倒行逆施使得摸球的游戏脱离了数学概率的公平公正公开轨道，一只恶手企图替代概率与规则来给某些人发全部的球而给另一些人发0000，或者他们想给谁5500就给谁5500，另外的人让你们自己瞎摸去，其结果必然是奖品超额外流，"局"维持不下去了，只能得到0000或3322受罚的人众便会起来搅局砸局覆局，天下从此多事了。

这个说法也不能取消个人的奋斗，"天道酬勤"这句话真是不错。只有不断地奋斗不断地摸索，你才能从无数个机会相似的3322之中，在不断地支付够罚金之后，最终找到自己需要的彩球。

这个说法的唯一意义便是让人知道，你很难得上5500，顺利与碰壁，助力与阻力，赏识与误解，侥幸与霉头，弯路与捷径，友谊与敌意，收获与失落……你得到的机会差不多是3与3与2与2，就是说大致是均衡的。碰到消极的东西，碰到倒霉事情，就好比摸出了你最不喜欢的颜色的球，别急，也许下一个球就是另一种你最喜欢的颜色了。等到好球出现的时候，你准备好了吗？你能够立即让好的球发挥出最积极最有效的作用来吗？机遇的出现一般并不偏爱某个特定的人，许多成功者其实毕生坎坷，他们受到的考验、挑战、磨难其实是多于而不是少于一般人。问题仅仅在于他们没有放弃机遇，没有错过机遇，他们能在机遇到来的时候乃至考验到来的时候，立即表现出他们的能力、品质、决断、意志……从身外之学到身同之学的全部，他们能够在机遇到来的时候显现他们的优势，你也能吗？如果你也能，那么祝贺你，成功和胜利一定属于你！

生命健康的三个标准

　　现在可以讨论心理健康的标准了。第一是基本的善良。对他人的善意，其中尤其要强调的是克制嫉妒。在大的阶级斗争保卫祖国的斗争中遭遇的敌对关系不在本文讨论之列，那种敌对关系乃至生死存亡的关系不由个人心理来选择。这里说的是人们常常由于嫉妒而丧失了自己的善良本性。由于嫉妒，人们会以别人的失误为自己的成绩，把别人的跌跤当成自己的进益。而嫉妒基本上是一种弱者的心理，只有自己跑不快的人才盼望别人犯规罚下或者跌跤倒地。自己没有本事挣钱的人才把希望寄托在别人丢钱包上。嫉妒使人幸灾乐祸，仇恨贤能，坐卧不安，丑态毕露。嫉妒使人产生一种祸害他人的罪恶心理。东北某地一个人的侄子，竟因嫉妒叔叔大酱做得成功而偷偷跳墙跑到叔叔家里往众多酱缸里倒柴油。电视里他对电视台的记者仍是恶狠狠地说："我让他升升火！"说了一遍还要再说一遍。可惜的是这种侄子在较高层次的人中也有，高级嫉妒者与大酱制造者的侄子并无二致，只是手段上比倒柴油高明一点，而且还要找出一些冠冕堂皇的道理来罢了。

《红楼梦》里的赵姨娘，是一个嫉妒的样板，她做了两个小人儿，写上宝玉与王熙凤的姓名、生辰八字，用针往小人儿心口上扎，这是嫉妒者的典型举措。据说世界各国都有过这种用类似巫术的方法整人的迷信。从某种意义上说，嫉妒是万恶之源。嫉妒给人的负担是太沉重了，给人的阴影是太黑暗了，只有尽量去除嫉妒心，把人际间的难免的不服气引导成为合法的、积极的、光明的与正当的竞争，才算健康。

第二是明朗。善良才能明朗，嫉妒、狭隘、阴谋、怨毒，只会带来黑暗。与嫉妒同样可恶的还有自大狂、自我中心狂。自大狂与自我中心狂者容易变得失去理智，丧失自我控制的能力。他们吹嘘自己、表白自己、自恋自赏、自思自叹、乘着肥皂泡上天，同时急火攻心地攻击旁人，否定旁人，怨恨旁人，要求、勒索、讹诈旁人。过热的结果必然是失望是灰心是悲观厌世是诅咒一切，也就是自我冰冻。

所谓癫狂，所谓狂热，如果表现为艺术的创造，那还是有可取之处的。有时狂热是天才的表现，然而这仅仅限于不存在操作的必要与可能，不存在指导性更不具有指令性的艺术创造。有时还包括某些学术研究或道德的自我完善，仅仅限于不存在以其为楷模为行动纲领的目的即完全非现实非功利的人类活动上。你在狂热中创造的艺术品，提出的新观点也许惊世骇俗，独树一帜，不可替代，至少有比没有好，因为它的存在可以聊备一格。但如果你以这种失控的癫狂来治家交友发号施令，则会变得荒谬起来，不健康起来。

第三是理性与自我控制。我其实是一个性格急躁敏感易怒的人。为此我从年轻时就反复地读《老子》《孟子》中关于抱冲、养气的论述。我也多次听长辈讲"读书深处意气平"的道理。但迄今为止，我的大半生中还是有多次生气上火直至失态的经验。我深深地体会到，不论你有多么正当的理由，怒火攻心永远是一种失败的表现，绝对地属于消极的精神现象，绝对地只能导致丢人现眼的结果。虚火上升，智力下降，形象丑恶，举措失当，伤及无辜，亲者痛而仇者快，这是必然的一连串发展。那么，实在没有控制住，发了火了，生了气了，失了态了，怎么办？无它，赶快降温灭火。这还算我的一个好处，我的火来得快去得也快，叫作不黏不滞，叫作日月之蚀，叫作迅雷暴雨之后，仍然是雨过天晴。我完全做不到无过无咎，但是无论如何也不能将错就错，变本加厉，讳疾忌医，自取灭亡。

第三章

老子的帮助

为自己
创造
不止
一个世界

老子的智慧是老年人的智慧，不争，不言，无为，老年人容易接受。他们已经经历了太多的争而不可得，言而无效有损有失，为而适得其反的事实教训挫折。他们已经少了许多冲动、激情、自以为是。

论老子之老

老子是不是太老了？

老子为什么叫老子？他姓李，但是不叫李子。他不像孔丘姓孔，故曰孔子；孟轲姓孟，故曰孟子；庄周姓庄，故曰庄子；墨翟姓墨，故曰墨子……

我没有见到过有关这一点的任何解释。但是客观上时至今日，你会觉得老子确实很老。他应该老态龙钟，老气纵横，老到化境，老谋深算。如果作画，老子的形象与面容应该最老，其次孔子，其次庄子，其次孟子。

老子的智慧是老年人的智慧，不争，不言，无为，老年人容易接受。他们已经经历了太多的争而不可得，言而无效有损有失，为而适得其反的事实教训挫折。他们已经少了许多冲动、激情、自以为是。

老年人容易接受厚重啊、冷静啊、质朴啊之类的教训。年轻人则宁愿接受西方的迎接挑战、勇于尝试、不怕失败乃至"失败万岁"（最近美国的一本书的题目）、敢于冒险的精神。

一位嫁给华人的美国女士告诉我说，她觉得中国人与美国人在育儿方面的最大区别是美国人鼓励孩子尝试，老是说："Try it！Do it！"（去做做看，去试试看！）而孩子的祖父母（华人）爱说的是："不要干这个，不可以做那个！"

尤其是不为天下先，这样的老气横秋的说法，只能被某些风烛残年的老人接受。我们提倡的是创造，是创意创新乃一个民族的灵魂。不为天下先，咱们这个民族还怎么前进，怎么迎头赶上？

还有些与"老"有关的不太好的词，也可能用到老子头上。如老奸巨猾：看看老子的知雄守雌、知白守黑、知荣守辱，尤其是将欲弱之，必固强之；将欲取之，必固与之；将欲废之，必固兴之，太可怕了，这是什么样的招数啊！无怪我的一位定居欧洲的华人友人说到她的前夫（欧洲人）的时候，说："他连《老子》《周易》都读懂了，他就是魔鬼呀！"

姜是老的辣，老子的论述够辣的。绝圣弃智，民利百倍，这样的论述除了老子，谁还能做得出来！谁敢这样说话！

老了才能刀枪不入，宠辱无惊，才懂得唯之与阿，相去几何。

老了才能为无为，事无事，味无味。年轻时候，要做大事，立大功，要遍尝百味，要历经酸甜苦咸辣，否则活一辈子不仍然是零了吗？

中国是文明古国，中国文明有它的成熟性、深刻性、老到性。中国的思想有它的老谋深算处，尤其是老子，名副其实，果然老得了得！

然而中国传统思想中确实缺少青春的活力，缺少应有的挑战性创新性竞争性与实验性，求把握而不敢冒险，求沉稳而不敢创新，求平安稳当而不敢竞争，求保全而不肯献身，求不战而胜而不肯放手一搏，求含蓄而不肯增加透明，求无事而不肯揭露矛盾。世界各国都有探险家、开拓者、创业者，相对来说我们这里是太少了。

阅读老子、欣赏老子、体会老子的同时，不能不知道他在几千年前的语境，他的针对性、相对性与局限性。有什么办法呢？正像老子说的前后相随一样，精彩与局限也是联结在一起不可分离的。

无怪乎梁启超要提出"少年中国"的口号。他写道：日本人之称我中国也，一则曰老大帝国，再则曰老大帝国。是语也，盖袭译欧西人之言也。呜呼！我中国其果老大矣乎？梁启超曰：恶，是何言！是何言！吾心目中有一少年中国在。他写得何等好啊！

在我们研习老子、惊叹于老子的老到的智慧的同时，我们不能不看到这一点：如果说幼稚毛躁是一种毛病的话，老大避让也未尝不是遗憾。只有把竞争精神与和谐精神、创造精神与谦虚精神、俭啬精神与冒险精神、无为精神与有为精神、老到精神与青春精神、养生计较与承担的使命感很好地结合起来，中华传统文化才能真正地大放光辉，也才能对世界作出应有的贡献。

《老子》与现代化

我们在中国实现社会主义现代化的方针是完全正确的，取得了举世瞩目的成就。但是，现代化并不是万能的，发展并不是万能的，在现代化进展的同时，已经出现了某些人贪欲膨胀、腐败犯罪等现象以及环境破坏、传统文化流失、价值观念失范等。所以，要强调科学发展观。

在这个时候读读《老子》，有助于开掘精神资源，丰富国人的内心世界，警惕变革中的陷阱。例如老子说"五色，令人目盲；五音，令人耳聋；五味，令人口爽；驰骋畋猎，令人心发狂；难得之货，令人行妨"，这很像是针对现代人写的。老子提倡道法自然、宠辱无惊、上善若水、返璞归真、善者不辩、为而不恃……都很有远见。老子还说道："知人者智，自知者明。胜人者有力，自胜者强。知足者富。强行者有志。不失其所者久。"一句话，他劝谕世人保持清醒与自制，不要忘乎所以。

对于现代化的负面效应，《老子》是一服良药。一味地贪，一味地争，一味地开发自我，一味地吹牛冒泡，肯定会走到自己的反面。老子的思想可以帮助我们想想市场竞争的另一面，例如克制，例如尊重自然，例如不要犯急性病，例如注重精神生活等。老子注意戒贪，戒刻意太过，戒自我膨胀，戒强梁霸道，戒争执不休，戒装腔作势，戒强努硬拼，这些都可供汲取参考。

在近作《老子的帮助》一书中，我强调老子的智慧对我们有帮助，同时，我认为老子的理论不能当饭吃，能入饭的还是自强不息、厚德载物的传统。但是老子的一套是很好的饮料，清泻微凉，祛肝火阳亢血压高，如茶之清纯，令人耳目一新。它同时有心理治疗的作用，有利于躁郁症患者的心态调整，有利于和谐社会的建立。它又能补脑益智，阅读《老子》是一种思维体操，智慧享受。比如下棋，一般人能看到一两步已属上乘，国手大师则能看个三五步，读通《老子》呢，您起码看到七步以上啦。

老子的帮助

年轻时已经迷上了《老子》(又名《道德经》)，那时看的是任继愈教授的注译本。一个天地不仁、一个宠辱无惊、一个上善若水、一个不争故莫能与之争、一个无为、一个治大国若烹小鲜、一个生也柔弱死也坚强，就把我惊呆了。我觉得老子深不见底，我觉得他的论述虽然迷迷瞪瞪，却是耳目一新，让人大开眼界，一下子深刻从容了许多。

青春作赋，皓首穷经，这是当年黄秋耘对我说过的话。从首次接触到《老子》到现在已经历经了60年的沧桑。我决定将《老子的帮助》一书献给读者。

老子对于我们今天的人有什么帮助呢?

第一，他带来了大部分哲学思辨、小部分宗教情怀的对于大道的追求与皈依。他的道是概念之巅、概念之母、概念之神，是世界的共同性，是世界的本原、本源、本质、本体，是世界的归宿与主干。读之心旷神怡，胸有成竹，有大依托，有大根据。

第二，他带来了一种逆向思维、另类思维乃至颠覆性思维的方法。一般人认为有为、教化、仁义、孝慈、美善、坚强、勇敢、智谋是好的，他偏偏从中看出了值得探讨的东西。一般人认为无为、讷于言、不智、愚朴、柔弱、卑下是不好的，他偏偏认为是可取的。他应属振聋发聩、语出惊人之人。你可以不认同他，却不能不思考他。

第三，他带来了"无为"这样一个命题、这样一个法宝。他提倡的是无为而无不为，是道法自然，是不争故莫能与之争，是后其身而身先，外其身而身存。他的辩证法出神入化，令人惊叹。他的透视性眼光入木三分，明察秋毫。

第四，他带来的是逻辑思维与形象思维的结合，是感悟与思辨的结合，是认识与信仰的结合，是玄妙抽象与生活经验的结合；是大智慧的无所不在，不拘一格，浑然一体，模糊恍惚。

第五，他带来了真正的处世奇术、做人奇境，以退为进，以柔克刚，以无胜有，以亏胜盈，宠辱无惊，百折不挠。

第六，他带来的是汉字所特有的表述的方法、修辞的方法、论辩的方法、取喻的方法、绕口令而又含蓄着深刻内容的为文方法。他将汉字的灵活性多义性多信息性弹性与概括性简练性发挥到了极致，他贡献给读者与后人的可以说是字字珠玑、句句格言。这是汉字的真正经典，是汉字古文的天才名篇。

他帮助我们智慧、从容、镇定、抗逆、深刻、宽广、耐心、宏远、自信、有大气量、有静气与定力。

以及其他。老子能够帮助我们。

我不是老子专家，不是国学家，不是历史学家，不是文化史哲学史专家，这些都不是我的长项。稍稍长一点的

为自己
创造
不止
一个世界

是经历、阅历、风云变幻中的思考与体悟。老子提倡的是无为，我的经历是"拼命为"与"无可为""无奈为"的结合。我能做的是用自己的人生，用我的体验去为老子的学说"出庭作证"。

我以我的亲见、亲闻、亲历与认真的推敲思忖为老子的"玄之又玄""众妙之门"的理论提供一个当代中国的人证、见证、事证、论证，也许还有反证。

证词一说使我满意至极。我七十余年的所见所闻所历所悟所泣所笑所思所感，不是可以拿出来与老子对证查证掰扯一番吗？老子是原告，春秋战国时期的社会政治军事个人生活尤其是当时的主流观念孔孟之道则是被告。我是法庭所找的而不是原告或被告所找的证人之一，读者是法官，请判定我的证词的价值。

何远之有？

　　《论语》提到一首诗："棠棣之华，偏其反而，岂不尔思，室是远而。"孔子评论说，"未之思也，夫何远之有？"孔子将风中摇曳的花喻为美好的道德文化理想，视为世道人心的优化，提倡反求诸己：你好好去思之念之求之，你好好地去追求仁义道德，起码说明你自身的道德文化在往好的方面发展。

　　"棠棣之华"四字源于《诗经》，原诗中用棠棣之华比喻兄弟情谊，诗中还有"兄弟阋于墙，外御其侮"的句子。孔子干脆以之比喻一切美好的品德，叫作"诗无达诂"，窃以为更是"诗宜善诂"。不同的人对于同样的诗会有不同的感受。推其本源，《论语》中引用的，在《诗经》中找不出

为自己
创造
不止
一个世界

来的这四句诗，老王相信它最本来是情诗，是古代的《信天游》，应该把这四句歌词演唱起来，起码比现在的情歌高雅清纯许多。而到了一心举逸民、继绝学、接续西周文脉的孔子与他的后世传人那里，此诗就是启迪，它就是契机，它就是知行合一；同时这就是一言可以兴邦，这就是抓文艺、抓教化，以正心诚意为修齐治平的核心，这就是国情。这就是先放一步，先承认"室是远而"，承认想念而到不了手的悲情，承认人生之遗憾何其多也，再来一个不但华丽而且雷霆万钧的严重转身：孔子斥曰，远什么？哪里远？！你自己不好好去想、苦苦去想、甜甜去想，你责任自负！你活该！孔子讲的是一种文化理想主义、道德理想主义，它可能很难完美实现，但是它是对斑斑驳驳的现实的照耀与感召，理想，当然是文化中不可或缺的一个元素。

说"无端"

老师们、同学们：

　　非常高兴能够有机会到芜湖，到久已闻名的安徽师范大学来。我今年已经68岁了，第一次来芜湖，来安徽师大，有相见恨晚之感。我来是为了参加第六届李商隐研究会的年会。李商隐研究会成立到现在已经十年了，第一届年会是1992年在广西平乐召开的，第二届在温州，第三届在烟台，第四届在博爱，第五届在桂林，第六届到芜湖来了。这是一个佳话，中国诗歌研究史上的一个佳话。李商隐从来没有被人们这样重视过。按照中国的传统，自古对李商隐的评价并不是特别高，总是对他有所保留。因为他的诗歌不够乐观，消极情绪多了一些，忧愁情绪重了一些。我看李商隐的诗就常常想起《红楼梦》里贾政教训贾宝玉。

宝玉的才情比他老爹强得多，但贾政总要板起面孔，说宝玉没有大志，没有积极乐观，没有吞吐宇宙的豪情，所以宝玉写的诗虽然很好，但贾政把脸一变，说"颓丧"，很有点像现在有些家长批评孩子"没出息、整天就会玩电脑"的意思。李商隐的诗长期以来就处在这种情形。不知道生辰八字怎么走的，走到20世纪90年代，中国居然成立了李商隐研究会，还不断召开年会，一直开了十年，我想这是诗学佳话。李商隐天上有知，应该感到欣慰。

我们自古强调诗教，强调诗言志，强调诗中要有健康的精神，要有自强不息、厚德载物（《易经》中的话，清华把它作为校训）的精神，但是李商隐的诗在中国传统诗歌中是一个变数。事物往往很奇怪，有时总出来个变数。有人谈当代文学说，在"十七年文学"（1949~1966）中，孙犁就是一个变数。孙犁是老区来的老作家、老同志，河北"白洋淀"派的代表作家，他写抗日，也写农民，但他整个的风格和20世纪50年代的嗓门很大、气很粗的那种风格不同，他写得很委婉，很有他个人的一些情致，有很多精致的而不是粗糙的艺术趣味。

还有人跟我谈，作曲界50年代的《梁祝》是个变数，因为50年代有不少很好的歌，像"雄赳赳，气昂昂，跨过鸭绿江"，《陕北组曲》也是很好的歌，或者是一些关于战争、关于革命的歌曲，还有关于反修的歌曲，"山连着山，海连着海，全世界无产阶级联合起来"，或者是"东风吹、战鼓擂，现在世界上究竟谁怕谁？"结果这时候出来个很抒情、很忧伤的《梁祝》，这也算一个变数。这种变数，当然让你产生研究的兴趣。

我今天谈的题目仍然不想离开李商隐研究，也许我们下次有机会再谈别的题目。我想就李商隐诗的一个关键词来进行探讨，一个什么词呢？就是"无端"。我们都知道，李商隐最有代表性的诗是《锦瑟》，《锦瑟》头一句就是"锦瑟无端五十弦"。其实我没有资格谈这些，因为我的学问非常的差，特别是在安师大中国诗学研究中心和李商隐研究会的各位老师面前，我讲这个东西，绝对是班门弄斧，不自量力。

所以我也老老实实地告诉大家，我准备讲"无端"时赶紧去查《辞源》。《辞源》中一上来就解释"无端"最早出现于《楚辞》。我一分钟前还在休息室请诗学研究中心的潘啸龙教授给我进行"恶补",其中有一个字到底怎么念,我还没弄清楚。《辞源》里对"无端"是这样解释的:一、无因。《楚辞·宋玉·九辩》:"塞充倔而无端兮,泊莽莽而无垠。"然后它注"媒理断绝",没有一个中介的环节,"媒理断绝,无因缘也"。引申为无缘无故。其实古人讲的"无端"就是没来由。而《宋书·谢晦传》上表:"血诚如此,未知所愧,而凶狡无端,妄生衅祸。"这是说坏事情,是说凶狡无端,他的凶恶和狡猾无端,你抓不着它,又凶恶又狡猾而且毫无道理。"无端"在这里有没有道理、没有线索的意思,你抓不着它,妄生衅祸,"衅"就是挑衅,随便产生挑衅,产生灾难。第二,《辞源》上注:"没有起点,没有尽头。"《庄子·达生》:"彼将处乎不淫之度,而藏于无端之纪。"《史记·八二田单传》:"太史公曰:'奇正还相生,如环之无端。'"就是讲它是一个没有起点的,没有终点的,没有非常确定的因果关系。

很多诗都是有端的,就是李商隐的很多诗也是有端的。

比如送某个友人，或者怀古，都是有端的。他的叙述一句一句，他的思路，事物发展的因果关系、过程都非常清晰。但是，李商隐之所以是李商隐，不在于他写了大量有端的诗，恰恰在于他写了一些无端的诗，无因无果，没有起始，也没有终点。当然这无端不是绝对的。没有起始，怎么没有起始呢？"锦瑟无端五十弦"，五十弦不就是从锦瑟起始的吗？这不是绝对的，我们只是相对地说，它有诗情无端的这方面的特征。我在过去的文章里也常常讲，有很多情感或者诗的灵感的到来，非常清晰，比如说悼亡，你的妻子或者一个友人去世了，你写悼亡诗，这个非常清晰，你整个的叙述，你的感情脉络清楚极了，像最著名的元稹的悼亡诗，写得明白如话，非常清晰，而且非常真实。"尚想旧情怜婢仆，也曾因梦送钱财"，跟大白话一样，在当时就是老百姓的话。"今日俸钱过十万，与君营奠复营斋"，又说得很俗，意思是当时我们一块过得非常的苦，那么我现在有钱了，可以大张旗鼓地祭奠你了，而当年我们在一块生活的时候是那样的贫苦，"贫贱夫妻百事哀"，这是有端的。但也有一类诗，诗的后面，它的缘起是什么，它的本事是什么，你说不太清。这有两种情形：一是不便于说，不好讲，没法说，不可说，不应说。中国封建社会各种道德的要求很严格，这些道德要求有的是有道理的，我并不认为它们完全没有道理，但任何哪怕是最有道理的要求被凝固化以后，又同时可能变成一种桎梏。另一种可能是原因太多了，"端"太多了，愁不打一个地方来，北京话说"气不打一个地方儿来"，悲哀不打一处来，无从说来。"无端"者，多端也，都是端。譬如天气不好，因沙尘暴而不愉快，你咏沙尘暴；也可能喝多了酒，"伤酒"也可以；也可能是伤别的什么，但你的诗里又没有谈环保、劝戒酒的明确动机，你就是不愉快，所以无端，所以多端，都有可能。

我们有一个传统的治学习惯，这是好习惯，我们研究一首诗，非常希望弄清这首诗的缘起是什么，本事是什么，不弄清楚不放心，心里不踏实。为什么会写这么一首诗，他要干啥呀？他怎么了？他究竟是吃了哪种药片，得出了这样的情感？非常希望弄清楚。那么李商隐有批诗，这批诗歌出现了一个很奇怪的现象，第一它家喻户晓，脍炙人口，朗朗上口，几乎受过中等教育的人都会背诵，但是另一个方面又是歧义很多，所谓聚讼纷纭，各有各的说法，似乎有多么难解释似的。就说对《锦瑟》诗的"锦瑟"，一种解释说，是令狐家有一个婢女，这婢女名字就叫锦瑟，李商隐很想念这个婢女，有一种不成功的或者没有完成的，甚至没有表达出来的、藏在心里面的对这个婢女的爱恋。我真希望这个解释是最正确的，为什么呢？因为这本身就是一个非常美的故事。我是写小说的人呀。如果此说能够成立，那就不仅仅是一首诗了，这诗后面是一篇小说！可惜这种解释不完全能说得通。它是无法证明的，更是无法证伪的。

西洋有一个比较新的哲学观念，给科学下的定义是：只有能够证伪的东西才是科学的。因为科学规律的总结，一般都是靠归纳法，做一千次试验都是一个结果，所以他得出那样一个公式、一个定理。但从理论上说，一千次试验是不够的，也许第一百零二万三千四百六十四次的那次试验得出的是另外的结果，但是你恰恰还差九千六百四十次，所以用归纳法做证明是不足恃的。为什么它是科学的？因为这个定义从理论上说可以证伪，你证不了伪，所以它是科学的。如果你有次做的试验跟这个结果不符合，就证明它是伪定理。

　　你认为令狐家有这么一个婢女，究竟是想象的产物，还是善良的愿望，还是真实的，你没有足够多的证明，更无法穷尽证伪，所以它不可能是一个科学的判断。我们假设李商隐是一个多情种子，假设有个叫锦瑟的婢女，假设这个姑娘非常美，但是她能够到"沧海月明珠有泪"的地步吗？能有这么阔大的悲哀吗？能够有这种迷茫吗？不完全能够说得通。笼统地说悼亡，似乎这也能说得过去，因为他确有一种追悼，有一种哀思。可惜这同样没有足够的证明和证伪。这类缺少缘起，又缺少本事的抒情，它有一种弥漫性，你怎么解释都行，就是刚才说的"泊莽莽而无垠"，是弥漫开的。

　　我常常举一个很恶劣的例子，我想不到好的例子来：你若得小病，很容易诊断出病因，比如你流鼻涕，大夫说你受凉了，昨晚睡觉没有关窗户，或者昨天衣服穿得少，这个很容易解释。可有些病就非常难解释，癌症就非常难解释。你说他因为情绪不好而得癌，这就可以证伪，我可以马上找出四五个人比他情绪还不好，比他的遭遇还倒霉，比他流的眼泪还多，甚至产生过轻生的想法，但是他就是不得癌；你说他因为吸烟多了得癌，立刻我也可以找出来几个不吸烟而得癌的和长期吸烟不得癌的。一个人到了得癌的程度，你已经很难用一个端来加以解释。

我的意思就是这位伟大的诗人李商隐，他有一种感情上的"病变"，反正他感情上有点不对劲儿，这人他倾向于悲观，像他咏榴花、咏笋，他都太过了。有次考试不第，他就写道"忍剪凌云一寸心"，把心都剪了，这人怎么悲哀成这样啊！所以你从他的个性上，气质上，觉得他有很多的问题，但是这些问题又不是一件事造成的，还有很多事，大家都知道，我就不讲了。包括他与牛党、李党的事，这点我们现代中国人最容易理解，就是说站错了队。李商隐他就站错了队了，站错了队，这个事不好办，常常是不好办的。当然还有爱妻早丧等，很多很多的原因。好多好多的原因以后就无时不是原因，无地不是原因。看到花落是原因，看到树叶黄是原因，看到树叶不黄也是原因，它怎么老绿啊？别的树叶都黄了。我们能不能理解一种不需要说明理由的，或者无法说明理由的感情？我们能不能允许去感受这种感情，而不知道它的缘起？

　　"无端"又包含着一种解释上的困难。我们中国人读诗有喜欢解释的传统，就是希望每字每句每段每节，互相之间的照应，它的含义，都能够有一个解释。我们是把诗当作一个框架或者当作一个符号，而这个符号的后面应该有一个具体的对象，这个符号的后面应该有一个主体。这种读诗的传统无可厚非，也很好，你总要弄清楚，是不是啊？某人写的是马，这马是什么意思，你总要弄清楚，起码你应该知道这是马不是牛，不是狗，也不是鸟。如"马上"，现在表示"迅速""立即"，但有时就不作"立即"讲，"马上相逢无纸笔"，那时真的骑在马上相逢。但是我们要探讨一个问题，就是可能不可能这个诗本身就是诗，它更需要你来感悟，而不是需要你去解释。这样的事情非常多，这样的艺术作品也非常多。比如说音乐就是一个感悟的艺术，你听着好听爱听，基本上你就算听懂了。可是过去我们的广播电台经常要做一个工作，这个工作对初听音乐的人也有好处，就是说它要给你解释音乐。有的还比较容易解释，比如《命运交响曲》，表示命运的威严和不可抗拒，另外一个副题表示对它的干扰。有的音乐更简单一些，它是模仿的，比如《百鸟朝凤》，这是很好的音乐，用唢呐来吹，说这段吹的是蝉的鸣声，然后出来黄莺的声音，又出来布谷鸟的声音，又出来山鸡的声音，又出来什么什么鸟的声音，广播员都给你一一解释。但是不是所有的音乐都可以这样解释呢？越是高级的音乐越难以解释，也很难解释清楚。那么在诗里有没有这种情况？当然有！

　　这种重解释的传统有时会和国外的文化发生某种冲突。在国外，我曾经不止一次被邀请参加文学作品朗诵会，有时我也应邀念一段我自己的作品，但是没有翻译。朗诵会上有人用英语念，用英语念比较普通，因为懂英语的人比较多。但有人用西班牙语念，有人用德语，有人用法语，有人用阿拉伯语，还有人用很怪的少数民族语言念。我就用中文念，他们听了也不懂。一开始我也不理解这种活动，这是干啥呀？弄一堆聋子到这儿，你念我不懂，我念你也不懂。后来慢慢习惯了，觉得这也是一个有趣的活动。起码，如果是一个女作家念，我就会看见她个子是高是矮，是胖是瘦，是很腼腆还是很泼辣。有的刚开始念的时候，我觉得这个姑娘长得够丑的，她要不丑也不会写这些东西，念一段后，我觉得她声音非常好，慢慢地感动了我，哎呀，她有那么美好的声音，相信写的一定是非常美好的故事。当然人家也会议论我。他们说，我们听你念的还真有点意思。我心想我有什么意思，你哪知道啊？1986年，有一个中国的作家代表团，都是我的一些朋友，他们到德国被邀请参加一个作品的朗诵会，但没给他们配翻译。第一是无法翻，我这儿朗诵，你那儿翻，这工作连联合国安理会的同声翻译他也干不了；第二你翻译的话，别人还怎么听啊，所以就没人给他们翻。于是我们的中国朋友中国同行非常愤怒，回来后就写了一篇文章，认为自己受到了虐待。为什么不给我们配中文翻译？既然邀请我们又不给配中文翻译，就是对我们中国的不尊重，就是对中文的轻蔑和侮辱。同样在德国，还发生了另外一件事。江苏昆曲院在德国演出《牡丹亭》。他们准备了幻灯片，德语的幻灯片，因为这昆曲，不要说是德国人，就是中国人也要看幻灯片，不看幻灯片你不知道它那个词是什么呀。不仅仅是意大利美声唱法不注重口齿清楚，昆曲京剧都不大注重口齿清楚，注重口齿清楚的是评剧，"巧儿我自幼许配赵家"，"他帮助

第三章
老子的帮助

075

我，我帮助他，争一对模范夫妻立业成家"，清楚极了。可是京剧昆曲里面，你听不清，他咬文嚼字，发声方法不一样，你听不清楚。但是德国方面就提出不能装幻灯片，这是听歌剧，听歌剧哪有看幻灯片的呢？看了幻灯片，艺术欣赏的效果就没有了。中国方面就说，那怎么办，没有幻灯片哪行呢？德国人就提出只发一个说明书，简要说明一下剧情就行了。结果这么唱完后，效果极佳，谢幕了好多次。这说明他们有一个感悟的习惯，不要求什么都懂。

那么反过来说，你读古典诗词，是不是知道词句是什么东西，你就算懂了呢？人家告诉你说"蓝田"是陕西蓝田县，那里有蓝田玉，这个知识对于你读这首诗来说很有用，但是它能帮助你理解那句"蓝田日暖玉生烟"吗？瑟，这个乐器，现在到底什么样，我也弄不清楚，我也不知道它是像古琴，还是像筝？现在是什么乐器？是琵琶吗？它弦那么多，有50弦，有的注解说是25弦，从50弦到25弦，又考证出来是断弦，断弦就是老婆死了。这个考证是很费劲的，还不如"有个婢女叫锦瑟"更吸引人。但我们知道这个瑟是什么样的，又能帮助我们理解这首诗多少呢？比如徐悲鸿的马，画得很精细的，一看就明白他画的是马，所以没有人说看不懂徐悲鸿的画，为什么？一看，马！齐白石画的虾也很清楚，虾！再看一幅齐白石，一个倭瓜，一个大白菜，全都认得。那么这个人就懂得齐白石的画了吗？他一看就知道是倭瓜，是白菜，是虾，他真聪明。这个你夸奖3岁以下小孩是可以的，但是你这样夸一个成年人就是讽刺了。所以对艺术鉴赏，对诗，我们不能仅仅要求知道它背后的，而且要知道它本身的，它弥漫开的、它代表的那种情绪。比如李商隐，我觉得他的诗传达到了极致，"沧海月明珠有泪"，它又阔大又寂寥，又有一种超然。海是那么大，珠是那么小，珠的泪会更小，当然你还可以考证这不是珠泪，而是指鲛人之泪，因泪成珠等，这些都很好，这些知识都很必要。然而我们要承认有一种感情的抽象化，要承认一种感情弥漫的可能，就是说在不同的背景下面或者不同的所指下面，不管它所指的是不是一个对象的下面，它有它的共同性。其实一些最"有端"诗，仍然有这种感情的概括和弥漫。"问君能有几多愁，恰似一江春水向东流"，这个很有端，李煜他是亡国之君，他亡了国了，他当然很愁。可是我们读这首词时，我们没有几个是亡国之君，亡国之君的数量还是太少太少了，连一小撮都谈不上。但是"一江春水向东流"本身的概括性已经超过了他亡国之君的经历。电影《一江春水向东流》，是写抗日战争时期以重庆为中心，国民党政权统治下社会的黑暗，人民的痛苦，它也是一江春水向东流。

这里又牵涉到一个诗学的问题，就是在诗里面形式和内容是怎么划分的。一首诗就是形式就是内容，还是形式后面另有内容。另有内容的诗也有，字面上是一层意思，它背后又有一层意思。比如说"欲得周郎顾，时时误拂弦"，这个背后有一个意思：一个封建社会的臣子怎样能够得到君王的注意。我们古人用"香草美人"象征国君，这是非常奇怪的，是全世界没有的。因为外国诗歌传统，是喜欢用各种美好的东西来象征爱情，来表现情人，特别是表现以男性为中心的女性情人的，就是来表现美女。我知道唯一的是中国，能够用"香草美人"，能够用自己对美女的思恋，来表达自己对国君思恋。中国人这种爱君王的方式，真是全世界非常罕见。但这种感情又非常真诚，不是虚假的。《红楼梦》里写贾政给元妃跪下磕头，叩告说：

"贵妃切勿以政夫妇残年为念。"这时他们已经不是父女关系，而是君臣关系。贵妃是他的大女儿，他跪着说不要以你老爹老娘老两口为念，我们老了，你要好好侍候好"今上"。我每看到这一段都掉眼泪，我觉得贾政非常真诚，不然他不会说"切勿以政夫妇残年为念"。

有的诗有背后，但有的诗本身就表达了一种情感。这种情感从现实生活中抽象出来了，升华出来了。悲哀就是悲哀，可以是为失意而悲哀，为失恋而悲哀，也可以是为老病而悲哀，为离家而悲哀，也可以是为人生中的各种挫折或者失去了自己的亲人而悲哀，总之它已经变成了一个悲哀。就悲哀写悲哀，写的多种样式的悲哀都和你的悲哀有相通之处，这不能绝对化，但确有这种可能。这确是诗之一种。

我想再谈一下结构的无端。大致来说，我们写文章讲起承转合，叙述一个故事讲前因后果。或者"倒插笔"，先讲果再讲因，这也可以。有些东西非倒插笔不可，比如说推理小说。还有的时候所谓"花开两朵，各表一枝"，就是说不是一条线，而是两条线，三条线，多条线，有分有合，等等。它们都有各自清楚的逻辑，但是，也有所谓的"无端"的抒情之作，它缺少这样的逻辑。我们看《锦瑟》，"锦瑟无端五十弦，一弦一柱思华年"，这逻辑很清楚，起兴从锦瑟的音乐或者从乐器上想到逝去的光阴，一弦一柱都想起逝去的光阴。但是后边的就有点对不上了，"庄生晓梦迷蝴蝶，望帝春心托杜鹃"，这换成别的两句也不是不可能的，这是事实。从情绪上说它是一致的，一种弥漫的情绪，但是作为诗来说，如果韵差不多的话，你说"锦瑟无端五十弦，一弦一柱思华年。春蚕到死丝方尽，蜡炬成灰泪始干"也凑合。把另一首无题诗的两句拉过来，插在这儿，这很有趣。中国有一个传统，就是"集句"，古典文学是很讲究集句的，姓张的和姓李的，"关公战秦琼"，都可以放到一块。有的集得非常漂亮。曹禺根据巴金小说《家》改编的话剧《家》，里面有一个最可恶的糟老头子，就是冯乐山。实际上冯乐山也不过40多岁，现在看也只是一个中年人，当时在激进的巴金、曹禺们眼里，已经是老朽，不可救药了。而这种老朽的文化最可鄙最无耻最无聊之处就在于冯乐山很喜欢集句，他的客厅里头挂着一副对联，上联是"人之乐者山林也"（欧阳修《醉翁亭记》），下联是

"客亦知夫水月乎"（苏东坡《赤壁赋》），对得非常工整，特别是几个虚字，一对是"者""夫"，一对是"也""乎"，不管是平仄还是音韵，这是对得很好的一个联。但是当时把它作为腐朽代表，冯乐山就是一个恶魔的形象，封建恶魔，把鸣凤逼死的是冯乐山，鸣凤死了，弄了婉儿顶替，用大烟签子扎到婉儿胳膊里的也是冯乐山。这个人罪行累累，不杀不足以平民愤。但是他喜欢的这个集句、这个联不错，这是没有什么问题的。

我还曾经写过，李商隐的许多诗句，最美的是中间四句。有的诗开始比较平实，结尾也是比较平实的，但是中间四句非常美，是高潮。为了解释方便，只要头尾四句连读即可；要美化必须有中间四句。"沧海月明珠有泪，蓝田日暖玉生烟"，"春蚕到死丝方尽，蜡炬成灰泪始干。晓镜但愁云鬓改，夜吟应觉月光寒"，这都是他中间四句。李商隐这一类无题诗，结构上不是我们习惯的线性结构。

还有语言。李商隐的语言最有意思，他的语言始终给我一种活性的感觉。他的无题诗，或者以起始两个字为题的无题诗，语言有一种弹性，有一种活动的空间。他的语言颠来倒去的，老是表达那么一种情绪。我曾经做过一个试验，把《锦瑟》56个字颠来倒去重组，合并重组，当然没有李商隐原来组得好，但是也能凑合，也能组得出来。在座的同学恐怕不知道，我把我重组的这56个字给大家念一念。一个是七言的，格律上差一点，"锦瑟蝴蝶已惘然，无端珠玉成华弦。庄生追忆春心泪，望帝迷托晓梦烟。日有一弦生一柱，当时沧海五十年。月明可待蓝田暖，只是此情思杜鹃"。还是那56个字，也还是那个情调。我又把它变成长短句，"杜鹃、明月、蝴蝶，成无端惘然追忆。日暖蓝田晓梦，春心迷。沧海生烟玉。托此情，思锦瑟，可待庄生望帝。当时一弦一柱，五十弦，只是有珠泪，年华已"。还是那56个字。然后我把56个字变成28个字一句的上下联，这个上下联也不工稳，但咱们凑合一下，"此情无端，只是晓梦庄生望帝，月明日暖，生成玉烟珠泪，思一弦一柱已。（上联）春心惘然，追忆当时蝴蝶锦瑟，沧海蓝田，可待有五十弦，托年华杜鹃迷"（下联）。我原以为这种重组是我的一点发明呢，后来发现这不足为奇，不是发明。大家都知道《兰亭集序》有名，"群贤毕至，少长咸集"，很多人会背。如果你到绍兴兰亭去，就发现那儿有一个清朝人吴门石韫玉氏，把《兰亭集序》完全打乱，重新写一篇，叫作《颠倒兰亭集序》，字数比《锦瑟》多多了，几百个字。所以我就联想到西方现代派文学有"扑克牌小说"，这小说跟扑克牌一样，你可以洗，洗完了以后，第一章可能变成第二章了，你就这么连着读，读出来也是一篇小说。我们过去都把它看作资本主义国家文学的堕落，文学已经恶劣到这般地步了，变成杂耍了，斯文扫地了。当然，这是一种极端的做法，不足为训。但是文字的弹性，活性与可重组性，仍然是一个有趣的话题。那么我做这个试验的目的是什么呢？就是想证明它语言的活性，语言的弹性，语言的可塑性。

我想任何一种语言，最美最好的语言，所谓一字不可更换，"添一字则肥，减一字则瘦"，像《吕氏春秋》，吕不韦一字赏千金，你能修改一字，我赏你千金。那是唬人的，吕不韦权力那么大，谁敢给他改？但是文字把你的思想出色地表达、固定出来的同时，又把你的思想和感情凝固了。语言对思想和感情的表达，第一是利器，没有语言表达不出思想感情；但第二它又是一个桎梏，把思想感情变成语言，变成文字，但你的思想感情永远比你表达出来的话更丰富，更生动，有更大的空间。一些最好的语言也是这样，"有志者事竟成"，这是很好的话，但是这话能概括全吗？"有志者事竟成"，那得看什么事了，是不是你有志发明永动机，你有志于"空手套白狼"，一夜变大款，你的事竟成吗？也许事成不了，你先完蛋了。任何一种语言，一旦你表达出来，就不好办了。所以"禅"讲究不可说，你一说出来，味就变了。孔子"述而不作"，即使是这样，《论语》记录下来以后，慢慢被后人一解释，再一发挥，再一利用，好东西变成坏东西，活东西变成死东西了。文艺学学者鲁枢元先生主张语言分若干个层次。第一层次是潜语言，就是潜在的语言，还没完全形成的语言。一种情感，一种感觉，所谓若有所动，若有所悟，若有所思，若有所悲，这都是潜语言。包括身体语言，你看他脸上的表情，手的一个动作，这也是潜语言。潜语言很美，是非常微妙的。潜语言往往会成为艺术的一个触媒，当你感觉到自己若有所动的时候，一个新的作品，一首新的诗，一篇新的小说或者一段新的描写，可能就诞生了。第二层次就是语言，就是把它说出来或者写出来的，经过反复斟酌，反复推敲，反复修正，固定下来，非常明显，具有了一种确定性，也容易传播、容易记载。关于"反复推敲"这一点，我随便插一句。香港中文大学的国学大师饶宗颐先生，给我讲过一段话，我很赞成。他说他最不喜欢的就是"推敲"，"僧推月下门""僧敲月下门"没有什么了不起，推也行，敲也行，根本用不着在那儿又推又敲，作诗的人如果把精神都用到"推"和"敲"上面，他的诗反倒做不好了，为什么贾岛不是一个很好的诗人呢，他整天推啊敲啊，还行吗？因为好诗都是天成的，"唰"就出来了。当然，推敲也是一种手法。饶先生的话证明，即使是"推敲"这个美好经典的故事，也是禁不起推敲、经不起抬杠的。文学上的东西最经不住抬杠，我今天讲的这些，如果哪位起来愿意批评指正，我立刻就体无完肤，因为都不难找到相反的例子。

"推敲"很好很美，我原来一直以为这故事很好，韩愈碰到贾岛，贾岛手还在那儿比画呢，是敲还是推，这有点像京剧的动作，但是饶大师这么一讲呢，我也顿开茅塞，真是无聊得很，什么推呀敲的！这是语言。最后一个层次是超语言。语言，一般为了交际，为了表意，说"把那个苹果拿来"，这是很普通的一种语言。超语言，就是话里边还有话，话外边还有话，话本身也可能倒没话了。最通俗的例子就是侯宝林讲乡下人搞对象，两人见面不知道说什么好，然后这男的就问："你看见过大老虎吗？"这话本身没有现实意义，女方看没看见过老虎，男方完全没有关切的必要，因为他既不是动物学家又不是动物园的饲养员，也没有准备推销老虎。

然而这又表达了此情此景。

把语言坐实了以后，一个最美好的语言，也会变得索然寡味。最煞风景的是我在一家晚报上看到的一篇文章，文章叫《诗谜》。说白居易一首著名的诗："花非花，雾非雾，夜半来，天明去，来如春梦不多时，去似朝云无觅处。"这有点李商隐作品的味道，我也非常喜欢，我上高中的时候学会唱的就有这么一首歌。那篇文章说，其实这诗是一个谜语，还说这个谜语，他给家里南方的小保姆一讲，保姆立刻猜出来了："知道了，知道了，这就是那个霜花。"他的小保姆也是位天才，因为她说霜花贴切极了。说白居易写的是个谜语，谜底就是霜花。我看了真有受挫了的感觉，确实比走在大街上钱包被摸去了还要难受。我这么喜欢的一首诗，这么流连徘徊不已的一首诗，我老想着这种美妙境界，到了，它不过是一个谜语，而谜底已经找出来了，还是他家的小保姆找出来的，小保姆居然还不费吹灰之力！那么就是说，我们的文学，能不能保持一点语言的弹性，语言的活力，语言活动的空间，语言互相替代的可能，语言的流动性，我们能不能保留语言本身的美呢？

这个"美"的问题，更是一个深不见底的问题。我们觉得李商隐的诗非常的美，美得非常奇怪——他把"颓丧"表现得很美。颓丧不好，我完全无意提倡青年人都学李商隐，一个个都是"先期零落更愁人""忍剪凌云一寸心""一寸相思一寸灰"，青年都这样就完蛋了，中国就完蛋了。但是李商隐的这些消极的悲哀的软弱的情绪怎么能表现得这样美丽呢？"一春梦雨常飘瓦，尽日灵风不满旗"，太软弱了，连雨都飘到瓦上，而不是落到瓦上，更没有伟大的毛主席"大雨落幽燕，白浪滔天"的豪迈，他连"一江春水向东流"的气势都没有，哪儿还有个江水。"尽日灵风"连一个旗子也吹不起来！可是所有这些东西又为什么这么美丽呢？李商隐是通过修辞，他喜欢用一些今天诗人不喜欢的东西，金呀，玉呀，珠呀，翡翠呀，用这些东西来表达美丽的感情。对不起啊，我记得恩格斯引用过一句话，谁的话记不清了，说"少女为失去的爱情而歌唱，商人却无法为失去的金钱而歌唱"。引用的这句话也是非常美丽的。但如果你要硬抬杠的话，李商隐用金啊玉啊这些东西，用很富贵的含金量很高的这些东西，也能够构成一个很幽深的、很美丽的意境。他真是一个变数。当然，这是硬抬杠。

我们中国人对美的理解与教化是分不开的。"诗三百，一言以蔽之，思无邪"。无邪是美的前提，我也很赞成。但我有个很大胆的探索性疑问，就是那些从道德上，或者从人生的价值取向上是反面的东西，它能不能是美的？作为价值取向，我个人不是李商隐类型的，那种悲悲凄凄、颓颓丧丧的，甚至我也不喜欢这种人。我宁愿喜欢一个痛快一点，幽默一点，豁达一点，积极一点的人。但是他把愁绪编织成一个美丽的殿堂时，他的修辞功夫，表意的功夫，把消极的情绪加以规范，使它进入了一个诗的境界，美的境界。我举一个极端的例子：三个人都发愁，一个人发愁去写诗，一个人发愁去喝闷酒，还有一个发愁去吸毒，三者不一样，那么我们宁愿提倡，既然这么愁，那么还是写一些悲哀的诗吧，写点令人泪下的诗吧，你自个愿意一边写诗一边流泪，你就尽情地流吧，这给社会不造成什么大的危害。这个问题我思索了很久，在这里求教于大家。消极的东西可以有这种审美的功能，那么恶的东西能不能变成审美的东西呢？这话有一点敏感性，但这是事实。我看京剧《武松杀嫂》，从内容上，我不喜欢，里头涉嫌暴力，杀嫂当然不是好办法，也涉嫌色情。一个暴力，一个色情，都是我们不喜欢的。可是《武松杀嫂》的戏非常好看，潘金莲穿着一身白绸子衣服，在那儿跳各种特技，从桌子上翻跟头下来，又翻过去，这大概叫"卧鱼"（身体往后仰180度），有很多特技。一边是凶神恶煞一般的，也是正义凛然的英雄武松；一边是潘金莲，她的恐惧、求生欲望和她本身的条件（她身材很好，相貌很美），演成一种非常美的舞蹈动作。中国人欣赏的时候，可以持欧阳予倩的观点，也可以持魏明伦的观点，把更多的同情心给潘金莲，这个我也不反对，因为也没有什么硬道理要潘金莲必须死守武大郎。潘金莲本身就是被毁灭的美，被毁灭的青春。潘金莲下毒药谋杀亲夫当然是坏手段，但戏曲舞台上的表演实际是让人欣赏的，你说这种欣赏很丑恶，这可以，但是它归根结底是让人欣赏的。和《武松杀嫂》有点像的是1999年我在爱尔兰都柏林看王尔德的《莎乐美》。我们过去一般都把王尔德、萧伯纳当英国人，可是爱尔兰独立了，人家强调这些都是爱尔兰人，不是英国人。莎乐美是位非常美丽的公主，她爸爸抓住了一个邪教头子，邪教头子一直在舞台上被绑着。莎乐美一出来就爱上了邪教头子，可是邪教头子对莎乐美不屑一顾。宫廷卫队队长爱上了莎乐美，莎乐美对宫廷卫队队长也不屑一顾。于是卫队长当场拔剑自刎，尸体被抬出去了。这就很不吉利。这时她爸爸就提出来：莎乐美，你给我们跳个舞吧。莎乐美的舞大概跳得很好。莎乐美坚决不跳，她爸爸说：你跳，你跳一个舞，你提的任何要求我都答应。莎乐美说：真的吗？你说话算话？她爸爸说：算，算！演莎乐美的小姑娘当然是非常的美，而且有英国人最喜欢的那种沙哑嗓音，热乎乎的很温暖的嗓音。莎乐美就说：我的要求就是把邪教头子的脑袋割下来送给我。她爸爸说：不，不，你不要提这种要求，太可怕了。但莎乐美说：你已经说过了，当着我的母亲说了，当着所有的大臣说了，一个国王必须遵守自己的诺言。然后莎乐美跳了一个舞，她爸爸就把邪教头子的脑袋割下来。莎乐美就抱着那个脑袋，亲吻那个脑袋说：

"我终于得到你啦，我爱你啊！"这剧中国人看着太刺激了，由于爱，就把脑袋割下来了，以后哪个男士还敢被人爱啊？这里头美和恶，和残忍联系起来了，和暴力、血腥联系起来了。我不知道欧洲人是怎么一种心理。我还看过一个法国现代人写的吸血鬼的故事，因为欧洲特别流行吸血鬼的故事，就像我们中国的白骨精的故事。我还翻译过一个吸血鬼的故事，写一个女人非常美丽，但她要经常地吸一些人的血保持美丽。这个说远了，好在李商隐的作品中没有暴力倾向，色情得也不厉害，固然说他有狎妓，有和女道士一起游的故事，我倒宁愿他这些故事都是真实的，这样的话除了诗歌以外，还会有一些小说可看。

最后，我再谈一点，其实这种"无端"和"有端"，是分不开的。我说李商隐有一部分诗是无端的诗，是缘起和本事付之阙如的诗，或者是缘起和本事不便说出的诗，或者没有缘起和本事、语言背后并没有特别明确对象和内容的诗，或者我说它结构和语言都带有某些无端的特点。但它并不是什么都"无"，它有什么？它有诗。"有之以为利，无之以为用"。我刚才重组了那么多花样，也是因为有他56个字在那儿摆着呢，没有那56个字，玩不出来什么花样。

我们中国有一些奇特的说法，比如中国哲学里面，有时我读起来跟读天书一样，我看着跟说绕口令一样。但是你用来读一读李商隐的诗，你对中国的那些说法就增加了一些了解。比如说"无"："无"非"无"，"无"并不是"无"，你觉得这开什么玩笑呢？王蒙非王蒙，安徽非安徽，师大非师大，李商隐非李商隐，你不知道这话什么意思，但是放在这里我就懂了。"无"非"无"，"无"不是什么都没有，"无"里有"有"的根据，有"有"的契机，有"有"的框架，"无"非"无"，"无"非"非无"，这就是语言的限制，你没法表达了。你怎么表达？你用绕口令都表达不出来。"无"非"无"，"无"非"有"，"无"非"非无"，越绕越绕不清。但是你若能绕到这一步，你对李商隐，对中国的哲学，中国的美学，中国的诗学也可能就增加了一些了解。办事的时候，"无"和"有"，就说 Yes 和 No 就行了，你收到一千块钱，你不能写成"我未收到一千块钱"。但是在哲学上在语言上有那种"有""无""非无""非非无"的现象。有年我去德国，考证出一件事情，侯宝林说的绕口令"吃葡萄不吐葡萄皮，不吃葡萄倒吐葡萄皮"。我一直不明白，这是什么意思，侯宝林是现代派么？吃葡萄不吐葡萄皮，这个可以理解。所有的外国人和中国的兄弟民族，吃葡萄都可以不吐葡萄皮。葡萄皮是可以吃的，还可以不吐葡萄籽，葡萄籽也是可以吃的。嗑葡萄籽的时候，牙不会倒，那个酸就解除了。吃葡萄不吐葡萄皮，这可以做到。但是"不吃葡萄倒吐葡萄皮"，这个我惊了，不吃葡萄倒吐葡萄皮，它是从肚子里什么地方，长出葡萄皮来了？我在德国一位汉学家的家里看到一本20年代出的《北京俗语辞典》，里头就有这样一句话，它是反过来的，是正常的，"吃葡萄您就吐葡萄皮，不吃葡萄您就不吐葡萄皮"，这个很合乎逻辑，但是缺少趣味，侯宝林把它改了。他是相声演员，要把语言变得幽默一点，有趣一点。侯宝林被北京大学聘为兼职教授不是没有道理，在语言上他是有想法的。那么在"无"和"有"之间，"无端"和"有端"之间，我们能够使我们的诗学更多一些弹性，更多一些精神活动的空间，更多一些感悟，同时也不废我们对它的理解，解释和注释，这样也许我们会变得聪明一点，视野开阔一些，离鲜活的真理更近一些。

我今天的讲话属于"没吃葡萄乱吐葡萄皮"的性质，大家姑且听之。

第四章

大师小议

/

为自己
创造
不止
一个世界

如果我们崇拜大师，那么大师的首要条件
是独创性不可重复性，大师都是第一而且都是
唯一，没有第二，有第二的能复制的不是大师。
大师的重复产生只能是灾难，文学尤其如此。

大师小议

一

在中国，大师特别是文学大师给人以肃然起敬的感觉，例如人们认为鲁迅是大师，提到这个名字就像提到自己精神上的父亲，大师是楷模，大师是先行者，大师是英烈，大师是光辉的旗帜，大师是某种终极关怀与绝对理念的象征；大师是权威（业务的尤其是道德的人文精神的即人类美德的），大师不容损毁不容亵渎不容不敬。大师是天一样崇高和海一样辽阔的崇敬与热爱对象，阐释和表达对大师的崇敬本身也是伟大崇高和不容苟且的事业。

大师一词相当于英语的master，但master远远没有中文大师一词这样神圣的意义。查一下牛津词典，在master词条下的解释包括：一、雇主。二、熟练技工、能手、独立经营者。三、男户主。四、商船船长。五、狗、马等的男主人。六、男教师。七、硕士。八、少爷。九、院长。十、艺术大师。十一、控制某种事物的人。十二、原版影片、磁带等。十三、指挥的、高超的、优秀的。十四、自己做主；自己说了算。（见商务印书馆和牛津出版社联合出版的《牛津高级英汉双解词典》第四版）

这么多富有生活气息的，就是说比较自然比较平常的解释，像是给大师这个圣殿一下子打开了许多透气的窗户，这会不会使人感到轻松一点，呼吸自如一点，使人用到这个词时脸色好看一点，但是否会降低了大师的规格呢？请英语专家教我。

英语没有把握，维吾尔语我是熟练的。维语中称大师为ustaz，其含义大致相同于汉语的师傅。任何能工巧匠都可以称为ustaz，而任何活计干得好都可以称赞曰："Bag usta!"就是说干得真熟练真在行。去掉一个 z 为的是当副词用。"文革"时讲"四个伟大"，伟大导师云云，也是用的"伟大的ustaz"。我到新疆开始扬场扬得不太好，后来扬得好了，就被称为ustaz了。

故而，在新疆，人们也常常把类似大师的ustaz一词译作匠人，如果把伟大的导师译成伟大的匠人，会不会更亲切一些呢？大师者匠人也，操维语和懂维语的作家，讨论起谁谁是不是文学大师即文学匠人来，大概没有操汉语者那样悲愤。

中国长期处于尊卑长幼分明的等级制社会，语词也带有分明的等级色彩，不仅大师一词如此，作家（在多数外语中不过是写者之意）、总统（在英语中也指大学校长或某些机构的头一把手）、伟大（在有的外语中也可指甚好或大量）等词亦是这样。这样反过来，语言的等级色彩又强化了现实的等级观念。

那么汉语的"大师""作家"诸词是不是有助于提高人们对人文精神的敬意呢，事物的意义都不是单一单向的，这也不妨一想。

二

一个很精彩的说法，说中国的骄傲是有了一个鲁迅，中国的悲哀是只有一个鲁迅。

具体的大师是永远不会有第二个的，不仅鲁迅如此，我们也可以问中国谁是第二个曹雪芹，谁是第二个李白；我们可以问英国人谁是第二个莎士比亚，谁是第二个狄更斯；我们可以问法国人谁是第二个巴尔扎克，谁是第二个普鲁斯特；问西班牙人谁是第二个塞万提斯。在现代印度，谁是泰戈尔第二，我们也不知道。

如果我们崇拜大师，那么大师的首要条件是独创性不可重复性，大师都是第一而且都是唯一，没有第二，有第二的能复制的不是大师。大师的重复产生只能是灾难，文学尤其如此。

我也不知道哪个国家的哪个作家具有鲁迅式的严峻深邃凝重的道义权威，托尔斯泰当年也许在道德完成上比较出色，但也颇具争议。列宁、契诃夫都对托翁的道德自我完成说教不以为然，嘲讽有加。托翁似乎并无后来鲁迅式

为自己
创造
不止
一个世界

的权威。那些被某些人向往膜拜的诺贝尔奖得主，更没有谁具有这种权威——所以不仅是中国，就是外国，也没有第二个鲁迅，不论是海明威还是加西亚，不论是帕斯捷尔纳克还是帕斯，都缺少鲁迅式的伟大人格影响，更不要说得了诺奖后又与纳粹合作的挪威作家哈姆逊了。他们是匠人，不是中文意义上的大师。

三

然而有一种理论令我懔然怵然，就是把鲁迅与中华民族分裂开来对立起来，以鲁夫子的洞明证实国人的卑劣与没有希望，以鲁迅证明中国现当代其余作家的不足取；声称鲁迅是"一个人与全中国战斗"等。我有时候爱较劲即抬死杠："如果一个人与全中国战斗，那是为了谁战斗呢？为外国？为联合国但不包括中国？为人类但不包括华人？"当然也可以解释为爱之深责之切，鲁迅深深地了解国人的弱点，沉重地鞭挞的目的还是为了国人的自救，鲁迅是伟大的爱国主义者。

我直觉地认定鲁迅是非常中国的现象、非常中国的人物、非常中国的英雄，中外都无法重复。

四

大师的道义资格与技艺资格之间的关系问题，有时也颇让国人心焦。我们自古是重视道义资格的，讲人生，讲价值，最后都要归结到讲道义上，我们的政治常常是道德化的政治，故有王道霸道的辨析，故有贰臣忠臣的区别，这种概念至今被某些人乐道。我们的文化也常常是道德化的文化，叫作文以载道。修齐治平的理想的核心是通过个人的修身达到治国平天下的目标。先器识而后文艺，这是古往今来的不易律条。不论是从政从文，要取得参与的资格首先要取得道义资格。这方面从政的人好讲一点，有了权有了政绩有了群众拥戴什么事都好说。从文的人则要跟着风接受各种审查和议论，先跟着风犯错误，再跟着风受批评。不但领导要你说清楚，人民尤其是同行更要求你在时过境迁之后说清楚。在我国，很长一段时间提倡的是又红又专，1966年春为又红又专问题某权威大报就连发许多篇社论，一论再论达到吓人的许多论之多。现在则叫作德艺双馨，亦即选拔干部上的德才兼备，具体内容有不同，但思维模式差不多。

为自己
创造
不止
一个世界

这当然是事出有因的，革命的威严与权威是压倒一切的，新生的革命政权，要求的首先是政治上的忠诚可靠即红，如果你心怀叵测，技艺上再好也要批倒批臭甚至是要封杀的。

外国人也有他们的类似又红又专、德艺双馨的价值系统，当然只需改动一字，即把红改成白或其他颜色即可。外国人不那么单一，至少是作多元状，鼓励完了社会主义国家的异议者再去与资本主义国家的左翼新左翼直至共产党人眉目传情、心心相印，有时候也还是有戏看的。

有趣的是我国如今的某些新新论者，也掌握着一个又珠（红以外的颜色）又专或德艺双馨的标尺，只是把标准颠倒一下，你认为进步的红的有德的我认为是软骨，你认为不红的疏离的乃至有那么点反动的我认为是宗师是风范。他们分析起具体的知识分子来，其严肃性与诛心性，其用语与方法的严厉很像是党的小组生活会上思想帮助、批评与自我批评。标准虽然倒了个个儿，思想方法思维模式语言与表达方式并无不同；风向虽然变了，跟风哄秧子的劲儿并无不同。

五

许多大师在他或她生前并不被广大公众接受为大师。立时被广泛接受的有时可能是大众情人性质的人物。文学嘛，当时你我都可以说这说那，但很多情况下需要时间的考验。急于肯定或急于否定大师，都是至少常常是一厢情愿。

一面评定着当年当月的最佳作家作品，就是说如此地注重着时效时文，一面争论着谁是谁不是证实着或证伪着大师，是不是急了一点？

大师不大师，它的效应是滞后的而不是立时的。对否？

至于以是否获得某项国际大奖作为是否大师的标准，这未免太通俗太方便太速食了，这无非是放弃自己的头脑功能罢了。

大师与否也是相对的吧。象棋大师，围棋大师乃至棋圣，汉剧大师，魔术大师，木偶大师，捏面人的大师……我们接受起来都不难，为什么提到文学大师就那么吓人？

就那么自卑？大师是完美无缺的吗？理论上显然是不可能的。比如陀思妥耶夫斯基，比如巴尔扎克，比如杰克·伦敦，比如海明威，他们做人上的缺点是众所周知的；还有有过与纳粹合作记录的文学专业外的海德格尔与卡拉扬，他们恐怕都算得上大师。如果是我们的酷评（现已被戏称为醋评）者呢，会不会说契诃夫是软骨头，缺乏战斗性；说歌德是既得利益集团人物；说巴尔扎克缺乏献身的热情更缺乏行动以及什么什么的？当然，这样说也具参考性。

大师云云，也是可以讨论可以变更的，小苗可能成长为大师，大师也可能变得过气乃至发霉生锈。这方面是大师，换一个行当，他或她连学徒都不够格。智者千虑，必有一失；大师千百万言，必有狗屎。不能因为是大师便不承认其失误，也不能因其失误便不承认是大师。

六

大师产生与历史境遇、人文环境之间的关系，常常不像人们想的那样简单。有些论者力主20世纪中国无大师，其目的在于批评20世纪的中国历史与中国环境。不错，现当代中国文人的境遇是有许多可圈可点可思可叹之处，历史经验特别是"左"害也值得好好记取。不错，作为从业人之一，我希望作家的创作自由愈大愈好，稿费愈高愈好，住房愈宽愈好，全国的与世界的读书者愈多愈识货愈好。然而，研究一下文学史，你得不出作家愈受到历史的优待愈有成就的结论。曹雪芹得到了多大的创作自由，多大的物质支持？与雪芹相比，我们今天的作家不是幸运得多了吗？然而我们没有写出《红楼梦》来，我们没有雪芹那个本事那个出息。设想一下，如果雪芹生活在今天，有高级职称，住四星级以上的宾馆，又当作协头面人物又当政协委员人大代表，动不动得中外大奖，他写出来的书还是那个味儿吗？

与其说是自由与幸福、关怀与支持生产大师，倒不如说悲愤与忧患、冷落与挣扎造就了大师。那么是不是为了多几位大师就建议对作家进行迫害呢？不会蠢到这一步的。而且，作家们文人们的条件太差了，生存权隐私权发言权什么权也没有了，活命都成了问题，遑论人文成果。那样的状况是难以长期为继的，是混不下去的。要求合理的条件，要求起码的标准，这是天经地义的与无法否定的。问题是谁也不能说准大师与境遇间的关系，同时人为地拔苗助长或修建温室对于文学人才的成长绝非必要。

七

是体面和敬畏好，还是平常心好呢？是匍匐地、神谕地仰望大师、大奖等等好，还是民主地、人间性地平视好？是视大师伟大高不可攀好，还是视他们为亲切的朋友好？既然人人可以为尧舜，人皆是佛，为什么不可以人人为大师呢？三百六十行，行行出状元，不就是三百六十行，行行有大师吗？是向大师请教、向大师学习也与大师商榷讨论好还是一想到大师伟大就感到愧死并要求非大师们愧死好？是以大师的名义吓人震人好还是以大师的名义春风化雨好？是一脸的所向无敌好还是默默地微笑好？你怎样选择呢？噫！

不忘金庸

前一百年，后一百年，写武侠小说的，大概不会有谁超得过金庸。

他在武侠套路之中，加入了更多的人情世态，善恶炎凉，文化历史，地域风情，社会沧桑，还有，性格命运。

读《笑傲江湖》读到一位资深侠金瓶洗手仪式没有做完就对立面杀将过来，读到主人公乐器上的知音好友，由于门派不同，只有在重伤将死时候才合作奏响了感人的乐曲，还有他书中将受疑的无辜者赶出教门故事，我都落了泪。虽然新中国成立前我曾熟读宫白羽、郑证因、还珠楼主……读武侠而落泪，仅此而已。

108

2003年我在香港浸会大学讲课，有两次机会与金先生对谈。一次在学校讲人生哲学，他支持我的"好人有所不为，坏人无所不为"的说法。在三联书店谈我的《红楼梦》评点本的时候，他也同意我对胡适嘲笑衔玉情节的微词。我感谢他的支持。

　　他温文尔雅，才华横溢，他不是空头文学家，而是一个能做事、大成功的人。

行板如歌

柴可夫斯基好像一直生活在我的心里。

当然与20世纪50年代的唯苏俄是瞻有关系。但是对于苏俄的幻想易破——也不是那么易——对于柴可夫斯基的情感难消。他已经成为我的生命的一部分了。

他之容易接受，是由于他的流畅的旋律与洋溢的感情和才华。他的一些舞曲与小品是那样行云流水，清新自然，纯洁明丽而又如醉如痴，多彩多姿。比如《花的圆舞曲》，比如《天鹅湖》，比如钢琴套曲《四季》，比如小提琴曲《旋律》，脍炙人口，家喻户晓，浑如天成，了无痕迹，它们令人愉悦光明，热爱生命。他是一个赋予生命以优美的旋律与节奏的作曲家。没有他，人生将减少多少色彩与欢乐!

他的另一些更加令我倾倒的作品，则多了一层无奈的忧郁，美丽的痛苦，深邃的感叹。他的伤感，多情，潇洒，无与伦比。我总觉得他的沉重叹息之中有一种特别的妩媚与舒展，这种风格像是——我只找到了——苏东坡。他的乐曲——例如第六交响曲《悲怆》，开初使我想起李商隐，苍茫而又缠绵，缛丽而又幽深，温柔而又风流……再听下去，特别是第二乐章听下去，还是得回到苏轼那里去。他能自解。艺术就是永远的悲怆的解释，音乐就是无法摆脱的忧郁的摆脱。摆脱了也还忧郁，忧郁了也要摆脱。对于一个绝对的艺术家来说，悲怆是一种深沉，更是一种极深沉的美。而美是一种照耀着人生的苦难的光明。悲即美，而美即光明。悲怆成全着美，美宣泄着却也抚慰着悲。悲与美共生，悲与美冲撞，悲与美互补。忧郁与摆脱，心狱与大光明界，这就产生了一种摇曳，一种美的极致。

这也可以说是一种哲学。人生苦短，人生苦苦。然而有美，有无法人为地寻找和制造的永恒的艺术普照人间。于是软弱的人也感到了骄傲，至少是感到了安慰，感到了怡然。这就是柴可夫斯基的第六交响曲的哲学。

在他的第五交响曲与 D 大调小提琴协奏曲中，既有同样的美丽的痛苦，又有一种才华的赤诚与迷醉，我觉得缔造着这样的音乐世界，呼吸着这样的乐曲，他会是满脸泪痛而又得意扬扬，烂漫天真而又矜持饱满。他缔造的世界悲从中来而又圆满无缺。你好像刚刚迎接到了黎明，重新看到了罪恶而又清爽、漫无边际而又栩栩如生的人世。你好像看到了一个含泪又含笑的中年妇人，她无可奈何却又是依依难舍地面对着你我的生存境遇。

是的，摇曳，柴可夫斯基最最令人着迷的是他的音乐的摇曳感。有多少悲哀也罢，有多少压抑也罢。他潇洒地摇曳着表现了出来，只剩下美了。

这就是才华，我坚信才华本身就是一种美。它是一种酒，饮了它一切悲哀的体验都成了诗的花朵，成了美的云霞。它是上苍给人类的，首先是给这个俄罗斯人的最珍贵的礼物。是上苍给匆匆来去的男女的慰安。拥有了这样的礼物，人们理应更加感激和平安。柴可夫斯基教给人的是珍惜，珍惜生命，珍惜艺术，珍惜才华，珍惜美丽，珍惜光明。珍惜的人才没有白活一辈子。而这样的美谁也消灭不了，在火里不会燃烧，在水里也不会下沉。这后两句话是一首苏联革命歌曲中的句子。原谅那些毫无美感但知道整人的可怜虫吧，他们已经够苦的了。

在我的惹祸的《组织部来了个年轻人》中，我描写了林震与赵慧文一起听《意大利随想曲》。《意大利随想曲》最动人之处就在于它的潮汐般的、波浪般的摇曳感与阳光灿烂的光明感。人生太多不幸也罢，浮生短促也罢，还是有了那么迷人，那么秀丽，那么刻骨，那么哀伤，有时候却又是那么光明的柴可夫斯基的音乐。那是永久的青春的感觉与记忆。这能够说是浪漫么？据说行家们是把柴可夫斯基算作浪漫主义作曲家的。

1987年我在意大利的佛罗伦萨看到了柴可夫斯基的故居，在佛市郊区，在灌木丛下有一个白栅栏。可惜只是驱车而过罢了。缘止于此，有什么办法呢？

我宁愿说他是一个抒情作曲家。也许音乐都是抒情的。但是贝多芬的雍容华贵里包含着够多的理性和谐的光辉，莫扎特对于我来说则是青春的天籁，马勒在绝妙的神奇之中令我感到的是某种华美的陌生……只有柴可夫斯基，他抒的是我的情，他勾勒的是我的梦，他的酒使我如醍醐灌顶。他使我热爱生活热爱青春热爱文学，他使我不相信人类会总是像豺狼一样你吃掉我、我吃掉你。我相信美的强大，柴可夫斯基的强大。他是一个真正的催人泪下的作曲家。普希金、莱蒙托夫的抒情诗的传统和屠格涅夫、契诃夫的抒情小说的传统。我相信这与人类不可能完全灭绝的善良有关。这与冥冥中的上苍的意旨有关。

我喜欢——应该说是崇拜与沉醉这种风格。特别是在我年轻的时候，只有在这种风格中，我才能体会到生活的滋味、爱情的滋味、痛苦的滋味、艺术的滋味。柴可夫斯基是一个浓缩了情感与滋味的作曲家，是一个极其投入极其多情的作曲家。

他的一些曲子很重视旋律，有些通俗一点的甚至人们可以跟着哼唱。其中最著名的应该算是第一弦乐四重奏第二乐章——如歌的行板了。循环往复，忧郁低沉，而又单纯如话，弥漫如深秋的夜雾。行板如歌云云虽然只是意大利语 Andante Cantabile 的译文，但其汉语语词也是优美的，符合柴可夫斯基的风格。我写过一个中篇小说，题目就叫《如歌的行板》，这首乐曲是我的主人公的命运的一部分，也就是我的生命的一部分了。冯骥才说本来他准备用"如歌的行板"为题写一篇小说的，结果被我"抢"到了头里。有什么可说的呢！大冯！你与柴可夫斯基没有咱们这种缘分。我不知道有没有读者从这篇小说中听出柴可夫斯基的音乐来。还有一些其他的青年时代的作品，我把柴可夫斯基看作自己的偶像与寄托。

真正的深情是无价的。虽然年华老去，虽然我们已经不再单纯，虽然我们不得不时时停下来舔一舔自己的伤口，虽然我们自己对自己感到愈来愈多的不满……又有什么办法！如果夜阑人静，你谛听了柴可夫斯基的《如歌的行板》，你也许能够再次落下你青年时代落过的泪水。只要还在人间，你就不会完全麻木。

于是你感谢柴可夫斯基。

喜欢巴金学习巴金

我见过不少作家了，最本色、最谦虚、最关怀青年人爱护青年人的就是巴金。

他常常显得有点忧郁，他不算太幽默，他的文章也像是与你喁喁谈心，而每一个字都燃烧着热烈，都流露着真情。他提倡说真话，提倡文学要上去，作家要下去，提倡多写一点，再多写一点，尊崇俄罗斯民间传说里的志士丹柯，用燃烧的心照亮林中的黑暗，带人们到一个光明的地方。这些论述似乎平淡无奇，似乎不算什么理论更不现代和后现代，不会吓人也不算高深，但是这是肺腑之言，是他本人的生命体验。

他甚至于不承认自己是文学家，他不懂得怎么样为艺

116

术而艺术，为文学而文学，他是为祖国、为人民、为青春、为幸福、为光明和真理而文学而艺术的。

他说话声音不大，用词也不尖刻，但他很执着，他充满了忧患意识。

偶然他也笑一笑。有一次谈到一位女作家的讽刺小说，他笑了。有一次谈到我的一篇被大大夸张了危险性的小说，他也玩笑地说："成了世界名著了。"他的吐字清晰的乡音——四川话，甚至在说笑话的时候也像是认真得近于苦恼。有时候，他显得不那么善于言词。

很早很早以前他就说他的生命快要走到尽头了。但是他不悲观，他寄希望于青年，于文学。这样的心胸是伟大的。

他是我们的一面旗帜，也是榜样。与他老人家比较，文坛上的那些个浮躁，那些个咋呼，那些个爆破和牛皮哄哄，那些个洋八股党八股，那些个装腔作势、夸夸其谈，是多么渺小啊。

年届百岁的巴老啊，我们一代又一代的作家永远喜欢您和学习您。

我看张恨水

张恨水是20世纪中国现代文学史上一位重要而独特的作家。其一生创作中、长篇小说一百一十多部，近三千万言，特别是《春明外史》《金粉世家》《啼笑因缘》《夜深沉》《八十一梦》等，至今拥有广泛读者，其小说的发行量，用今天的眼光看来更是大得惊人。

我在童年时代就读过《啼笑因缘》，并对沈凤喜和樊家树的故事不胜依依。我也完全体会得到上一辈人谈起张恨水来的兴奋心情。那时我看过旧版的电影《金粉世家》，看后虽不理解仍感怅怅。然而，在我少年时代一心革命以后，一想起张恨水的作品来，就本能地认定他那一套是"腐朽没落"的了。

新中国成立以后，一个是1957年提出"双百"方针的时候，一个是1960年后困难时期强调"调整、巩固、充实、提高"的时候，两次大量印行过张恨水的小说，至少算是解解闷吧。这也有趣，似乎他的小说的发行是政策调整相对宽松的一项标志。

以至于，1980年我第一次到美国去，听到同行、友人聂华苓的女儿王晓薇在写论述张恨水的博士论文的时候，我与同行的艾青老师都立即反应：写他作甚！王博士也明确表示了对我辈看法的不敢苟同。这是我第一次思考张恨水在我国文学史上的地位问题。

可能由于张恨水所坚持的"混饭"和"消遣"的小说创作理念，以及所采用的章回体小说形式，与20世纪主流作家形成明显的疏离，被排斥在现代文学的主流之外，被称为"鸳鸯蝴蝶派""礼拜六派"甚至"黄色作家"。更重要的是忘我投入于救亡、革命、斗争的高潮中的人们会觉得张先生实是言不及义。因而，长期以来，张恨水几乎完全处于研究者的视野之外。其实，张恨水章回小说创作的成就，显示了传统文类在新的历史条件下的变革和发展，

第四章
大师小议

119

对中国现代文学特别是"五四"新文学传统是一种参照、丰富、补充，而不仅仅是对立。明了这一点，已经是很靠后的事了。

现在又有幸读到温奉桥博士的《现代性视野中的张恨水小说》，觉得可读。本书在前人研究成果的基础上，以"现代性"为价值坐标，将张恨水通俗小说创作置于20世纪中国文学两种现代性相反相成的流程上，打破长期以来现代文学研究的"新"与"旧"、"革命"与"落后"、"现代"与"传统"等二元对立思维模式和定性研究，突破那些失去了阐释能力的条条框框的束缚，进行新的研究、定位与评价，颇有见地。本书还从"主题"与"文体"两个方面论述了张恨水通俗小说的现代性内涵，努力发掘张恨水现代章回小说的"过渡性"。张恨水并非仅仅是新文学家所认为的"旧"作家，而是一个已经有所不同的作家，他的现代章回小说，既承续了中国传统小说的优长，又重塑了章回小说的现代魅力。

本书还从现代性规范调整的角度，对张恨水"抗战小说"进行了研究，提出了20世纪中国文学的多种现代性规

为自己
创造
不止
一个世界

范的命题，论证了现代通俗文学是不同于"五四"新文学，也不同于古典传统文学的另一种现代性范式，具有新意。

　　天道有常，文理有定。我有机会在中国海洋大学与温奉桥博士结识，有感于他的勤奋、谦虚与好学，写这么点隔靴搔痒的文字，祝贺本书的出版，也为张恨水渐渐得到公道的评价而不无欣慰。

第五章

好好读书

/

为自己
创造
不止
一个世界

经验、运气、勇敢、诚恳、聪明，都不能代替读书。人的写书就要求更高，它表现了主体对于生活的理解与感受、记忆与印象、思索与激情。

书要照读不误

日前，我去了趟重庆的全国书市。给我的印象是，场地大，关注的人非常多，不仅是一个书市，而且还是一个读书节、文化节。这也说明，在网络时代，喜欢读书的人还是不少。

网络时代的今天，中国还有多少人保留着读书的习惯？不久前，中国出版科学研究所作了第四次全国国民阅读调查，结果显示：我国国民读书阅读率已经连续六年持续走低，并且已经低于百分之五十，仅仅为百分之四十二点二。

网络上的浏览，从广义上说也算是阅读的一种。但是，它跟阅读印刷品的书还是不一样的。因为一本书在你手里，它有一种相对的安定感和归属感，你读起来会相对比较认真，思考也会比较多。

当你拿着一本书看的时候，你会把它当作一种道理，一种经验，一种智慧，需要更多唤起你去消化，用我的语言说就是"互证"，是一种跟它掰扯的愿望，这个是网络上所没有的。

书的作用特别多，但我最喜欢用的一个词是"互证"，互证就是互相证明，另外又是互相矫正。就是说用你的人生经验去补充那个书，来说明那个书，同时用那个书上的叙述和描写来比照你的人生经验，加深你对人生的理解。在我看来，在书里边发现人生，在人生里发现书，是最快乐的事，读书使人充实，也使人变得美丽。比如说在我最艰难的时候，在过去政治运动当中，特别爱读狄更斯和雨果的小说。其实狄更斯和雨果的小说没有什么可以和社会主义的中国相联系的，但是像狄更斯的《双城记》，描写了法国大革命时期人们所受到的考验，雨果的一些小说里也描写了人在社会的沉浮和动荡之中，人应有的精神上的品质，这些都给我非常大的帮助，起码让我知道人生不是一帆风顺的。

尽管网络提供强大的查找、搜索功能是书没法比拟的，但是我所说的阅读、体味、思考、互证，这个要捧着书才行。

一个真正喜欢读书的人，网络上看一看是为了接触一下，一看这个书确实值得看，他就去买。相反，一看是"臭大粪"，他就不去买了。因此，网络阅读和纸质图书阅读并不存在想象中的尖锐矛盾，也并不能互相代替。一个爱读书的人不会因为有网络就不去买书，不去读书，同样一个爱浏览网络的人，如果他有一定的思维深度和知识的基础，他也照样会去买书。

当然，现在的书也是越来越多样了，各种畅销书、排行榜层出不穷。但是，如果只盯住这些书，就好比是光吃冰棍，或者光喝甜水，虽然很舒服，但营养不够。还有一些书，东拼西凑，连蒙带唬，错误百出，甚至于宣扬迷信、危害青少年的心理健康。比如说，有过一些关于气功的书，说得特别玄，最后证明作者是骗子。还有一些所谓职场生存手册、人际关系诀窍之类的书，如果他们说的都是真的，那个作者就不需要写这个书了，他早就成功得没法再成功了。

　　在这个书丛如海、信息爆炸的时代，需要提高对书的辨别与鉴赏能力。要相信常识，抵制谎言，要有所选择，我们的书香才会更浓郁，飘得更久远。

为自己
创造
不止
一个世界

好好读书吧

上学，首要是读书；自学、自我提高、丰富、发展也主要是读书。这种说法虽显简单，然而大体简便适用。

然而，读书，还是不读书？自古以来就有不同的说法。

万般皆下品，唯有读书高，知识就是力量，读书改变命运，这都是正面的说法。

从来文士皆耽酒，自古英雄不读书；百无一用是书生；还有如庄子爱说的书里记载的其实是糟粕，书最多是旧的靴鞋印迹，这是另一种说法。

书主要是用语言——文字符号来记录世界、表现生活、发现生活、总结与探讨天地万物的。

语言是世界与生活的符号，文字是语言的符号。符号不全是世界与生活本身，符号里已经充满了人的主体性与能动性，发展着人的思维能力、想象能力、记忆与归纳能力、分辨能力与爱憎哀乐种种情绪。

马克思认为，劳动是人类本质的对象化，即是以人的本质为主体，使之与自然、与世界结合起来，体现出来，创造出一个个适合人的需要与特色的对象来。马克思的另一个说法是自然的人化。

书是世界的反映，是世界的发现与推敲，是生活的凝结与积淀。没有过比从书里发现对于生活的新的体味与主张，从生活里发现对于书本的新理解与感受认知更快乐的了。

书恰恰是人的本质的对象化，书恰恰是自然、世界、生活的人化。

书的符号性、思维性、条理性、清明性、理想性、概括性、稳定性、有时候是某种精确性，还有法则性、永久性、经典性、戏剧性、集中性，又是日常生活所难于浓缩集中、自然而然地出现的。所以国人强调一个道理的时候要说："那是白纸黑字，写在书上的。"

所以必须读书。经验、运气、勇敢、诚恳、聪明，都不能代替读书。人的写书就要求更高，它表现了主体对于生活的理解与感受、记忆与印象、思索与激情。他还表现了著书人从前人与同时代人，从自己所在的群体中获得的各种信息、各种经验、各种常识。

书的重要意义在于发展人的思维。孟子说："耳目之官不思，而蔽于物。物交物，则引之而已矣。心之官则思，思则得之，不思则不得也。此天之所与我者。"就是说，只靠感官的直觉，思维得不到激励与发展，只有心——脑筋，才能获得思维的果实。那么，是书而不是其他对象，能推动人的思维，这是不言自明的事。

那么，仅仅有书与思维也是不够的，只有把读书与生活实践结合起来，才能得到真正的智慧。

写作

　　从1953年写《青春万岁》时算起，我的文学写作已经65年，明年一月号，我的中篇小说《生死恋》与小小短篇小说《地中海幻想曲（两则）》都将发表。那就进入第六十六个写龄了。

　　不知道是什么命运，《青春万岁》是写了四分之一个世纪以后才全文出版的。而《这边风景》，是1973年开始写作，过了四十年到2013年才全文出版的。能耐受数十年的消磨，然后至今仍然出现在书店里、出现在青年人的阅读中，这倒是少见的安慰。

　　回想我出生三年后，1937年日本军队占领了北京，我的整个小学阶段是在占领军的刺刀阴影下度过的。1945年第二次世界大战结束，我的爱国主义激情燃烧。从1946年我11岁多就与中共的地下组织建立了联系，1948年，我破例被吸收为中共地下党员。我是一个入世很深的人，担任过高高低低的各种领导职务，但我坚信自己是真正的和文龄长的写作人。甚至担任文化部部长时候，也没有停过笔。

与一些从事写作的朋友不同，我学生阶段同时极度喜爱数学和文学，喜欢逻辑推理论辩，喜欢语言文字抒情。而少年时代我立志做一个职业革命家。到了1952年，我被"五年计划"所吸引，甚至想去报考土木建筑专业，这些都没有实现。革命的凯歌行进，中华人民共和国成立后百废俱兴，在一代青少年心灵中激起的波澜，我久久不能忘怀。我还感觉到，这样的青春激情、革命激情、历史激情，未必能长久保持下去，只有文学能延伸我们的体验，能记下生活、记下心绪，能对抗衰老与遗忘，能焕发诗意与美感，能留下痕迹与笑容，能实现幻想与期待，能见证生命与沧桑。能提升与扩容本来是极其渺小的自我。

"所有的故事都是好故事"，很奇怪，这句话不是小说家而是前美联储的主席伯南克讲出来的。文学使一切都不会糟践：爱情是美丽的，失恋也可能更动人；一帆风顺是令人羡慕的好运，饱经坎坷的话，则意味着更多更深的内心悸动；获得是舒适的，而失落的话是更好的故事胚芽。甚至穷极无聊的最最乏味的煎熬经验也能成为非同寻常的题材，如果你是真正的文学人。

开始，写作如同编织。如我的诗："所有的日子都来吧，让我编织你们。"后来，生活遭遇如同传奇故事，荒唐的经历，其喜剧性超过了悲剧性。我始终鼓励着自己，如我的诗："不，不能够没有鸟儿的翅膀，不能够没有勇敢的飞翔，不能够没有天空的召唤，不然生活是多么荒凉。"

还有我在新疆的十六年经验，我手抄的波斯诗人莪默·迦亚谟的乌兹别克语译文："我们是世界的希望与果实，我们是智慧的眼睛的黑眸子，若是将宇宙看作一枚指环，我们就是镶在上面的宝石。"

我已经满84岁了，中国的说法是青春作赋，皓首穷经。我近年也写过不少谈"孔孟老庄"的经典的书，同时我一直兴高采烈地写着新的小说。只有在写小说的时候，我的每一粒细胞，都在跳跃，我的每一根神经，都在抖擞。

为自己
创造
不止
一个世界

文学是我给生活留下的情书。文学是我给朋友留下的遗言。文学是人生的趣味和作料，辣与咸，酸与甜，稀与稠，鲜活与陈酿。文学，是比我的生命更长久的存在。

我也喜欢德国作家君特格拉斯对"你为什么写作"的回答："因为别的事没有做成。"虽然有些小朋友对我的引用表达了遗憾。他们终究会明白，毕竟我丝毫无意贬低文学。

写作的快乐

有的人喜欢讲写作之苦，我则爱说写作的快乐。

苦是指写作乃艰苦的脑力劳动，"吟安一个字，捻断数根须"，呕心沥血，伤目劳神，耽句成病，谋篇如痴，绞尽脑汁等——世上最令我害怕的熟语莫过于"绞脑汁"三字，想一想就不寒而栗，脑仁儿疼。

写作没有把握，动不动搞成无效劳动。抱着稿子发表不出去的苦处，自认为是才高八斗而人家偏偏不买账的苦处，不难体会也。

也就是说知音难遇，空怀和氏之璧，伯乐未逢，难展千里之蹄。

三百六十行，行行出状元；三百六十行，行行也有难处，叫作一家一本难念的经。只不过写作的人太会表达，说起苦来也分外吓人。

　　而我更愿意说的是写作的快乐。不是苦吟，不是神经病，不是孤独，不是拼命，也实在不太寂寞或者太不寂寞。

　　写作是我最好的参与方式。既有参与的积极性也有参与的度——叫作知止而后有定。通过写作，国家百姓、世道人心、历史文化、地球宇宙都与我联系起来了。我说了许多话，我的声音传向了四方，我表达了我的思想意见，感情倾向，不能不说我是一个积极关注的人。同时，这一切毕竟只是文人的一家之言：知无不言在我，闻者足戒随君，何况不断有人对我追踪分析，与我争鸣切磋辩论批评，给读者提供了选择分辨的题目与乐趣，当不致一面倒过去，误人子弟。

　　写作是我最好的学习方式。新的生活气象，新的语言辞藻，新的思索方式，新的经验体验，新的知识信息，新的形式方法，就像清泉活水，永远奔流，永远被搞写作的人所汲取所运用所消化所生发所沉淀积累——学以致用，用也是学，没有比写作者的学习更诱人的了。

写作是我最好的交际方式。与一些悲观主义者相反，我总是觉得世上好人如此之多，应该交往应该请教应该互通声气互相帮助的人如此之多，没有可能一一与之过从，一一与之通信，一一与之"感情深，一口闷"，乃有文章。所有的文章都是给我现在的与未来的朋友们的书信，所有的文章都是我的心。一文在手，心相通焉，情相感焉，知我爱我，知音知心，高山流水，反复操琴，伯牙子期，缘分多多。我们的朋友遍天下焉。

写作是我最好的娱乐休息。电脑屏幕，从无到有，如歌如吟，如梦如戏，如花万朵，如云千变。我要编织，我要刺绣，我要抡砍，我要抚摸，我要突发奇想，我要出语惊人，我要插科打诨，我要披挂上阵，我要欲擒故纵，我要大开大阖。布迷宫，入幽谷，呼风唤雨，撒豆成兵，生杀予夺，纵横捭阖，神龙见首不见尾。惜墨如金，大雨倾盆，铺天盖地，泼墨如水。何等快乐，何等趣味，何等丰富，何等变化无穷！您上哪儿找这样的乐子去！

写作是最好的养生。心有用焉，精神集中，不受干扰，神有栖焉，不受外惑。感情得以舒张，想象得以飞扬，郁积得以宣泄，空洞得以充实，遗憾得以补偿。内功导引，身心俱泰，信心增强，颓废全无，正以去邪，文以去病，功莫大焉。

当然最最重要的是创造的快乐。在文学创作中，你在缔造一个新的世界，从无到有，从有到无。喜怒得到升华，思想得到明晰，回忆得到梳理和新的组合，想象得到发挥与渲染，体验得到温习与消受——这确是人的最好的精神享受。

感谢生活，感谢各方。我高高兴兴地写作着，再写作着。我希望今后写得更好更多，报答读者厚爱。

文艺不能单纯娱乐化

近年来，我们的文艺事业在各个方面都有了很大发展，包括满足各种不同层次的精神需要，以及文化服务的扩大与广大受众的参与。与此同时，也有一种现象令人担忧，就是好作品湮没在平庸、苍白、空心、浅薄以及炒作、消费化、单纯娱乐化的作品当中。

文学艺术当然有娱乐消费的功能，但它们更是一个时代一个民族的精神品质、精神瑰宝、精神能量的表现，体现着也充实着、提升着受众的灵魂。我们应该有鲜明的、权威的、富有公信力的评论，这种评论能入情入理、立意高远、令人信服：它们应该告诉世人哪些文学作品是真正优秀的乃至杰出的。

卖得最多的一定是好的吗？不一定。点击率和受到时人夸赞也不能一概而论。我们要有一套理论与价值标准，要有对于真正好作品的体贴与把握，热情与信心，要取法乎上，攀登精神生活的高峰，不能任由那些准广告式炒作式与跟风套话式的所谓评论大行其道。同时，还要告诉受众，有些作品其实不是最好的，但却是可以包容的。与此同时，评论家有权利有义务指出：这些作品是有着相当令人遗憾的方面的，是可以讨论的，是可以提出与中国这样一个文明古国水准更加相称的要求与期待的。

　　传播在文艺推广方面的作用非常大，媒体不能带低俗这个头。现在传媒上有些说法是在跟着那些风格轻佻低下的"娱记"的风向走，接受了很多境外羼入的使严肃的文艺工作者相当反感的说法。尤其是电视节目里，许多都是计划好了的，到了某个地方，要让参与者和观众流泪。如果感情变成了兜售手段，怎么可能还有真诚的文艺呢？怎么可能还有真诚的眼泪呢？还有走光卖萌之类的，令人不齿。有的演员干脆在舞台上向观众要掌声，甚至以掌声能带来好运将观众的军，未免有失文艺的尊严与风度。

我们的文艺不能浸泡在营销计谋、人云亦云与装腔作势的浑水里，传媒不能成为娱乐市场的附庸，不要与娱乐市场合谋，而要有一个正大光明、高尚庄重、对文学艺术与历史负责的态度，我们的传媒要去呼唤经典、呼唤真正的好的文艺作品。

现在外国人办一个奖，口气大、规格高、人气旺。法国的龚古尔奖、英国的布克奖、西班牙的塞万提斯奖，还有诺贝尔奖等，这些评奖活动都有极高的规格。于是就有一些朋友、同行，把作品的评价寄托在国际奖项上，令人深思。

党的十八大报告曾提出："建立国家荣誉制度，形成激发人才创造活力、具有国际竞争力的人才制度优势。"我们的文艺需要有国家主体的高端评奖，也要在条件成熟时举办世界性的至少是华文作品的评奖，形成我们自己在文艺方面的评价体系与全球影响力。说到底，这方面的推进有助于显现我们的理论自信与文化自信，有助于激发广大文艺工作者提高志向境界，激励创造力与精益求精精神，引导广大文艺工作者创作出更多无愧于时代的优秀作品。

为自己
创造
不止
一个世界

科学·人文·未来

　　我常常怀念那些精通文学、文艺与自然科学的文化巨人：达·芬奇，罗蒙诺索夫，莱卜尼兹，等等。中国古代有著名文人兼通医道与军事的，但少有对自然科学的研究。王阳明的格物致知也是不成功的。鲁迅与郭沫若都学过医，郭老还长期担任科学院院长与文联主席，但他们的主要治学与活动领域还是在文史方面。有一些当代中国科学家表现了对于文艺的浓厚兴趣，如李四光、华罗庚、钱学森等。我以为，这与他们对于国家民族、世道人心、国民素质与国人精神面貌的关切有关。但除王小波外，少有文学家受过自然科学、数学与逻辑学的良好教育，甚至，我以为，大多数作家和我差不多，基本上是科盲。这是中国文人常常激愤、失落、大言与现实脱节的原因之一，哪怕是最不重要的原因之一。还有的作家干脆鼓吹蒙昧主义、信仰主义，在什么特异功能、气功、命相学、人体科学、易学国学禅宗的幌子下把伪科学的东西宣扬了一个够。

我想这与中国的重文主义传统有关。中国人对于道与器、义与利的辨识，对于修齐治平的推崇，对于辅佐明君的理想，使人们倾向于认为齐家治国之道才是大道，而科学（技术）制造出来的不过是西洋小把戏（梁漱溟语）。中国的传统文化有极大的独特性和存在价值。但是相当一段历史时期中华文化缺少自然科学的长足发展，缺少一套实证的方法，又缺少严整的逻辑规则，乃是不争的事实。不论是中医理论的妙解，老子的极高明的超凡拔俗的命题，《大学》上关于从正心诚意可以达到治国平天下的理想的著名推论，都不符合形式逻辑的起码规则，更谈不上实验的或者统计上的证据，而更多地接近于文学作品。它们富有灵气，充满想象，整体把握，文气酣畅，高屋建瓴，势如破竹，有时候有很高的参考价值，有时候则是更富有审美价值，就是不怎么科学，不怎么经得住实验、计量、辩驳，有点强词夺理和想当然。至于在我国民间，长期以来愚昧迷信十分严重。直至今日，农村仍有自称真命天子出

144

世者、企业仍有由法师和公鸡定房地产价格的，每到党委政府换届，都有众多相当级别的干部去进香、拜菩萨，其他扶乩、灵鸽、风水、算命……各种原始巫术实已猖獗万分。近年来又添加了来自港澳和西洋的数字忌讳。更不必说自古以来的邪教传统与当今的邪教泛滥了。（有一种比较偏激的见解，认为近代以降，中外关系摆脱不了八国联军对义和团的模式。目前，我们则可以看到八国联军支持今天的义和团的奇观。）

当然，事物也有另一面，新中国成立以来，在对于工业化现代化的热烈追求中，优秀的青年都趋向于学理工，国家的领导层人员许多出自理工院系的毕业生。哲学、社会科学、人文科学的治学与教学受到意识形态领域斗争频仍、动荡不已的影响，长期以来，也积累了许多"瓶颈"式的难题。如果说新中国成立以来的历史当中，存在着某种实际上的重理（工）主义的倾向，大概也是事实。而在意识形态上的激进主义得到了相当程度的克制之后，商业上的急功近利，恶性与违规炒作，再加上"八国联军"的运作，又大大地威胁着正常的人文学术的发展与面貌。即使如此，在这种情况下我有时仍然担忧我们把西方发达国家后现代时期的批评科学主义的理论搬到中国来是否合适。对于中国来说，更加迫切的难道不是批判蒙昧主义和反科学主义吗？中国至今到底有多少科学？更不要说一味科学的"主义"了。新中国成立后的许多流行一时、带有党八股或者洋八股气味的说法，究竟有多少经历了科学的分析检验？所以我非常欣赏任继愈教授的一个提法，即中国的历史性的任务是要脱贫，同时还要脱愚。贫而愚，会落后挨打，倒行逆施；富而愚，也许其危险性不低于贫而愚。

文学的方式与科学的方式有很大的不同。文学重直觉，重联想，重想象，重神思，重虚构，重情感，重整体，重根本；而往往忽视了实验、逻辑论证、计算、分科分类，定量定性。但是文学的方法与科学的方法又有很大的一致性：珍惜精神能量，热爱知识热爱生活，对世界包括人的主观世界的点点滴滴敏锐捕捉，追求创意，不满足于已有的成绩，力图对国家民族人类作出新的哪怕是点点滴滴的贡献。

以我为例，我属于爱科学而不怎么懂科学的那种人。我曾经从3322的概率游戏中悟到了或然性大致趋向平衡的道理，并以此做了许多发挥。西安电子科技大学原校长、数学家梁昌洪教授对于我感兴趣的问题则做了精细计算、电脑测试和组织学生摸测的实验。三者一致地得出的结果证明了我的说法的不准确处。如他指出，3322的概率与4321的概率大致相近，而5500的概率大大高于飞机事故的发生概率。

我非常感谢梁教授的科学方法和他得出的结论，它帮助我认识到命运——概率的另一面，即它的不平衡性，多样性，变易性。当然，我也仍然有我的思考：即使是4321，其中的3与2仍然占了一半，这是一。其次还有一些5320、5311、3331、4330、5221、4222……的组合，说明从四种颜色的球中摸出十个的组合中，3与2仍然占最大比重。我希望梁教授帮助我计算出这个公式来，3与2这两个最趋向于平衡的数字，在摸球的过程中出现的比例。多样的平衡，平衡的多样，这是数学给我们的教训，这也是命运之神给我们的教训。这样的数学公式是充满了文学——人学魅力的数学公式。

中国海洋大学的管华诗校长与其他校领导，对于发展人文教育倾注了极大的热情。我感觉他对于人文学科抱着近乎浪漫主义的热情与追求。我希望文学界的同行们同样能以极大的热情学习科学，普及科学，领会科学的庄严、丰富、阔大、缜密；领会用科学的眼光看待，将得到一个怎样美丽、神妙和精微的世界，领会科学已经怎样使人变成了巨人，科学将为人类创造怎样崭新的未来。同时，用科学的实证、理性、计算来取代偏见和唯意志论，取代文学的自恋与自我膨胀，取代那些想当然的咄咄逼人与大言欺世，更不要以文学的手段传播愚昧和迷信。同时我希望全民的人文素质会有所提高，珍视公认的价值体认，而这与科学知识的普及，科学方法的提倡，科学精神科学态度的认同，不应该是矛盾的。人文精神当然应该是一种科学精神即一种实事求是的精神而不是造神的精神，不是盲目的自我作古的精神，不是诈唬吓人的态度。（自然）科学与人文，只能双赢，不能零和。为了发展中国的人文教育，为了科教兴国，为了国人与全人类的福祉，为了最终地去除我们这块土地上的迷信与愚昧，让科学家与文学家携起手来，互相学习，取长补短，创造一个更加文明、更加有知识有教养的中国吧。

落叶思绪

　　艺术在于创造，想象就是源泉。

　　艺术就像海市蜃楼中的恍惚世界，使我如进入壮观的宗教殿堂，有"天国样沐浴"的感受，此生当足矣。道家有个著名论点："一生二，二生三，三生万物"，这可视为发车，"万物归一（真）"，当可视为收车；或完全撇开这两句话而更直截了当地说，是从"零"发车，转其整整一圈，然后又回到"零"的位置。

　　从古到今的书法大家，我最佩服颜真卿，他的书法不但有别于前人，而且不断地有别于自己，其书体、风格，当誉"水无常态，军无常势"，自然通变生新。

真不容易、容真不易、真易不容、不容真易、容易不真；得失互维、进退互循、长短互易，彼此互感。

大凡一件好的艺术作品，在于作者对其作品的"矛盾"的安排。作品越生动，说明各种矛盾越复杂或越高度地概括，如果会制造"矛盾"，利用"矛盾"，化解"矛盾"，到最后使"矛盾"变成和谐，有一种美的律动，美的感染，这个作品就越具有艺术性。

就如法酷则情滞，情肆则法疲，这矛盾的两个方面，必须有一个纲来举，目才能张，此谓"理"也。情理之中，法理其间，就其创作之需要，则可使"情、法"通融共济，依侧重可倾斜其比例，如楷则甚峻，乃法理大于情理；行草书似情理大于法理故而飘逸、跌宕。

古人道："书法学其上，得乎中；学其中，得其下。"我就不信这个邪，万事总有轮回，如加上"学下得上"亦犹不可，我专好师古人以为"下"者，至今尚乐此不疲。

一生投身于艺术，犹如身进赌场，要么赢了（成功了），要么输了（失败了）。有时我却在想，赌博场上输赢尚是物质性的，亦有去而复得之可能。而从事艺术，成功与失败则既不明晰，又举步维艰，往后退自然没有出路，往前走并不见得是朝成功的方向迈进，有时成功躲在"山穷水尽"之途中，有时失败却恰恰在表现着"春风得意"之道旁，孰成功，孰失败，真像古人云："得失寸心知。"因此，我不敢稍有懈怠，那种"一孔之见，一功之得"的古训使我始终提着心劲，但我很自信，既进了"赌场"也就无须反顾了，只有向前进，这种前进中的失败也可能是今后成功的铺垫，必须在失败中寻找到成功的途径。

我是想通过书法这个"筏子"把我舶往彼岸——精神的最高境界。同时使我能以书法为"探杆"窥其"地球"深层（内核），也就是更多知识和艺术的精神热源。这也可能是我学书法真正的理解和收获。

我不一定是成功者，但我却是一个努力的跋涉者。是否到达目的地并不重要，重要的在于进行，在于获得精神寄托的感知，这是完整体现自己的可贵的过程，尽管这个求索的过程非常艰辛，却又非常崇高，因为他掂量出人生的价值和意义。

文学的直观性、形象性和思想性

　　和文学的总体性、过程性、多义性相关联的，是文学的直观性和形象性。文学在形象性上，是各类艺术载体当中最弱的。一幅画，视觉上是真正直观的，画一棵杨树就是杨树，画一个美女就是美女，画风景就是风景，画耶稣就是耶稣，画圣母就是圣母，甚至光线、色彩、轮廓、阴影、情调，哪怕是比较抽象的画，所表达的对比也都是直观的。戏剧在舞台演出的时候也给你极真切的感觉。音乐虽然没有可视的形象，但你在听觉上可以感受到，对你的听觉器官发生作用，这也是直接的。但是文学运用的是语言，语言实际上是一种符号。由于编码的不同，符号对不同的民族，它的意义是不一样的。

　　汉语对我们来说非常亲切，但对不懂汉语的人是没有意义的。文学的直观就是语言描写上的直观。但是它又是最强有力的。为什么呢？因为人的各种思想、各种感觉、人和人之间的交流手段（当然现在有了多媒体），都离不开语言。它既是直观的，和别的艺术门类相比，它又是充满了思考的。比较起来，作家更能够或者更习惯于多思考、多琢磨一些事儿。这在"文化大革命"中也表现得特别明显。"文革"中，江青作为当时所谓文艺革命的"旗手"，最烦的、最讨厌的就是作家。她宁可选择演员，演员很容易得到信任，后来有的演员也被拉到他们的阴谋里。她也可以很快地制造出有代表意义的绘画来，但是她就觉得作家太黑，当时全国很少有作家能够符合她的心意。这个原因恐怕就在于作家比较喜欢动脑筋，比较喜欢思考。

作家的思考与哲学家的思考又有很大的不同。哲学家，甚至神学家，我不是指世俗的一般宗教职业者，而是指把神学当作一个学问加以研究的这些人，他们是用一种哲学的或者神学的方式，来思考世界和把握世界的。比如世界的本源是什么？五行：金、木、水、火、土；四大：地、水、火、风，都是在寻找世界的本源。这里面带有唯物论的特点，但是有人还要往根上寻找。老子就提出"道"的概念，认为世界的本源是"道"。当用这种哲学的方式来掌握世界的时候，对他来说最有意义的已经不是世界的千差万别，不是世界的形形色色，而是在各种具体事物背后的总体性、根源性的那个概念和那个命题的表现了。比如说"道"，在老子那里，一切万物，"道"才是最根本的。比如说"理"，宋明理学。冯友兰提倡新理学，他有句名言："未有飞机之前，已有飞机之理。"飞机是后来制造的，但是飞机之理，就是空气动力学，等等，这些道理是早已客观存在的。这是哲学的方式。但是到了文学这儿就不一样了。

文学的一个好处，就是直观、具体、形象。有时候我们看一篇好的小说、一篇好的散文，之所以感到如见其人，如闻其声，如至其地，就是因为文学的直观性和形象性。但是文学同时又是充满着无尽思考的，所以说文学既是形象的，又是思考的。再拿《红楼梦》为例，《红楼梦》中有各种非常具体的描写，比如说"黛玉葬花"，这是非常具体的描写，她拿着小花锄去收拾那些落地的花瓣。特别是像"寿怡红群芳开夜宴"，那整个一晚上众丫鬟们为贾宝玉过生日的欢声笑语的场面，他们怎么开玩笑，怎么娱乐，到

154

最后谁靠在谁身上，谁倒在地上，都永远栩栩如生，似乎那夜宴永不结束。什么时候我们翻开这本书，等于又参加了一次贾宝玉的生日晚会。看《红楼梦》时间长了，连说话都会受他影响。但是《红楼梦》里面又不缺乏抽象的思考，还包括神学的思考。科学是讲究实证的，也是可以用逻辑来分析的，神学不同。人到底是从哪儿来的？一个个生命个体消失以后到哪里去？说贾宝玉是女娲补天时所炼就的一块有灵性的石头，这一说尽管是作者的不衷之言，但它里面所包含的深渺和悲凉，是几乎无法用其他形式来表达的。石头的特点就在于没有生命，无声无息，无冷无热，但这块石头特别，有了灵性，于是变成了贾宝玉在无生命和生命之间的一种纽带。这个纽带也就是曹雪芹的神学思考。绛珠仙草得了神瑛侍者的灌溉，所以绛珠仙子要下凡界用眼泪来还给他，这是一个非常美丽的故事，也是一个深邃的思考。

想象并思考了这些以后，脑子就开始累了，疼了。因为你只能思考有限的东西。比如想你的父母，很容易；但要思考你的700代子孙，那就没法思考了。再比如，由猿而来的你的最早祖先是什么样的，你也没法思考。思考到脑疼了以后，就进入了神学的思考，也就不需要论证也不需要逻辑了，不再需要判断真和假。所以《红楼梦》有它最直接、最生动、最形象的东西，又有很深的思考；它是主观的，又是客观的；它是抽象的，又是鲜活的。

文学与科学不同。从牛顿力学发展到爱因斯坦的相对论，那些理论、那些定律对所有人来说都是有效的，当然又有发展。牛顿力学三大定律是普遍有效的，牛顿发现它们也有非常个性化的过程。你或者接受它，如果你不接受它，你要证伪它，总之你要找出和它这个定律不符合的诸多事例来，要做出严谨的科学实验或者计算才行。但是文学就非常不同了，同样描写一件事，可以有许多不同的版本。假设在座的各位中有三个人去郊游，坐车碰到了最惊险的交通事故，回来之后这三个人各自叙述事故的经过，在大致相同的情况下一定会各有侧重，各有风格。有人强调惊险，有人强调滑稽，也许还有人强调自己的命大。文学的叙述是描写客观的事件，但是这个客观事件是被作者个人的情感思想所影响的。

各个国家由于民族文化心理不同，对文学的要求并不一样，由此对很多东西的理解也完全不一样。比如说，中国人看见月亮就会想起故乡，因为我们的思维方式都受到了李白诗句的影响。现在的孩子二三岁刚会说话，父母就会教他们学唐诗里李白的《静夜思》，这使小孩子从小在脑子里就贯穿着一样东西，看见月亮就思念故乡。尽管最初这种联想只是李白的，不见得当时所有人看见月亮都会思念故乡，而现在，我们已经没有这个运用想象力的过程了：看到月亮，然后想到家乡的月亮，而后想到这月光照着我的同时也照着家乡，于是思念家乡。由于《静夜思》，我们没有这个想象过程了。不过家乡在欧洲的话，月光不会同时照着，因为时差大。在美国时差更大，你在中国见月亮的时候，人家那儿见的是太阳。所以看见月亮思念故乡也是有一定条件的。文学作品里，月亮也好，波浪也好，它们有时候甚至左右了我们的思想。我们如果看见长江水，立刻就觉得"浪淘尽、千古风流人物"。我也写过一首诗，叫《拉力器》，只有14个字，给大家介绍一下："多少青春，多少肌肉，突然展翅，不飞。"这是悲哀的，拉力器让我回忆起即使展翅也不能飞的严峻岁月。美国作家约翰·契佛的小说里面，描写一个女孩子从台阶上往下走，穿着高跟鞋往下走，描写那个声音像吃冰淇淋小匙碰到玻璃杯时发生的声音。这样的描写给我的印象太深了，我每次吃冰淇淋都会用小匙敲杯子，但是很不幸，不管在哪儿，我始终敲不出高跟鞋碰台阶的声音。即使敲不出来，他的描写仍然使我叹服。我刚才就是用实证的方式去检查文学，约翰·契佛说的是一种感觉，我很喜欢这个比喻，实在是好极了。这是非常动人的东西，它又不像牛顿定律那样可以得到检验，这完全是个人的一种感受。

所以有时候一个作家，要是迷上文学的话，他会觉得文学是无可替代的。只有在文学之中，他才能把个人的许多特点都表现出来，甚至可能表现得比自己的实际还要美好。作家在这方面非常幸福，把东西写得那样美好。他集中了他最美好的东西，一个比喻、一种感情，比他自己都美好。我曾经和一个诗人开玩笑，他的诗写得好极了，为许多女性读者所倾倒，他还常收到女性读者的来信。但和他近距离交流的时候，我发现他并非那样美好，这也可以说是诗人的一种特性——把美留给读者，把丑留给自己。我还发现，在文章里常提倡素食的人，吃起肉来比我还凶。

为自己
创造
不止
一个世界

但他要求别人吃素食的文章的确写得非常好，他可以用主观化、个人化的处理来表达对世界的感受。所以文学的方式也是一种人性化方式，是一种使大千世界变得更加丰富的方式，是一种尽情地发挥人的想象力的方式。

文学的想象、审美和创新

　　文学的方式还是一种想象方式，对于全民族想象力的提高有着极大的好处。我们现在都讲想象力，智商里也包含着想象力，想象力和创造力又是不可分的。江泽民同志说"创新是一个民族的灵魂"，那么一个从事文学的人就是靠创新吃饭的。所有的艺术都要创新，文学尤甚。画可以画两次，同样的两幅画都可以卖一个好价钱。但文学就不同，如果写一篇小说，在《上海文学》上发表了；第二次你又写了一篇一模一样的，在《北京文学》上发表，那可就出丑了。

　　文学要求想象，要求创新。在科学里面，你不能把想象当成果；而在文学里，想象就是成果。你只要把想象写下来了，这就是成果。它并不要求真正地实现。人们在爱

160

为自己
创造
不止
一个世界

情上的想象非常多，特别是那些没有实现的爱情，往往在文学上表达得特别动人。感人的一个重要原因，恐怕就在于它没有实现；相反，如果你的爱情实现得非常顺利，热恋到白热化时你是不会向对方背一首爱情诗的，因为那时你所关心的，你的兴奋点已经绝对不在文学上面了。但是如果你失恋了，就会非常急地找一首诗；或者你求爱而不得，也许会给对方写一首诗。本来没有实现的东西是种悲哀，是一个遗憾，但到文学这儿就是一个资源，是一个宝贵的资源。第一，怕你没有想象；第二，怕你想什么就实现什么。心想事成了就没有文学了。相反，心想而不能成的时候，往往会出现特别好的文学。所以文学对于人的意义，就是开发人的智力，开发人的想象力。1971年我在新疆上"五七干校"的时候，发了一个学习材料叫作《贫下中农批判修正主义》，其中一个是批判童话《拔萝卜》。一个贫下中农说，萝卜明明是我们农民种的，而现在偏说是兔子种的，这不是睁着眼说瞎话么？我当时就纳闷，咱们民族是怎么了？连童话里面讲劳动都否定了，我们还有什么想象力？我们还能有什么创造力？

文学的方式还是一种关注审美的方式。我们很多作家热情地投入社会生活，热情地投身于某项事业。比如说，捷克的共产党作家伏契克，他本身就是反抗法西斯的一个战士。他的著作将他受刑、包括怎么被拷问的过程全部都写了出来。他被法西斯绞死了，但他这本书却留了下来。奥斯特洛夫斯基——《钢铁是怎样炼成的》的作者，他也是投入的。如果不投入他不可能写出《钢铁是怎样炼成的》。我们还可以举无数的例子。今年9月我到南非访问，那里有一批非常著名的作家，包括一些白人作家，都曾经被白人的种族隔离政策所迫害、打击，有的还蹲过监狱。他们都是积极投入到社会的斗争中去的，而且他们到现在还有一种刚刚获得解放的激情。但是仅仅投入还不至于成为文学，它需要你跳出来，需要你进行审美。你是这个世界的一员，在这个意义上来说，你只是一个点，只是一个个体。但是当你想用文学的方式来把握这个世界的时候，你就要跳出来，拉大距离，从而能够看它的全局、整体，否则你怎么可能有好的文学作品？既要入乎其内，又要出乎其外，这样才能了解得具体、了解得深刻，世界才能够和你相关，经验才能激发你的真情。

有了真情实感，才能令人信服，审美也才能够不局限于眼前的事物。比如说，一件事情做成功了固然是可喜的，但是失败了，也有一种美在里面。审美观是很有意思的东西。一个失败，当你对它进行审美的时候，你会对它产生同情，它能唤起你的悲悯之心。我想起1978年左右的时候有过一个摄影作品，叫《上访者》。那画面让你一下子就看出"文化大革命"结束之后，社会上各种冤假错案堆成了山。那张照片太惊心动魄了，而且这张照片有非常高的审美价值。这个审美价值，不是说这个"上访者"是个美女，而是观众的审美感受和艺术家的人道主义感情结合起来，让人感觉到"这个人"受了许多折磨，但是还抱着希望和期待，仍然在苦苦地望着、追求着、奋斗着。审美是一个说不清楚的东西，但是我愿意和大家一起来探讨。

谁能保证自己的生活里永远是胜利成功？永远是鲜花掌声？不可能的。当你碰到挫折、委屈的时候，受到冤枉、打击的时候，这时你能不能拉开一下距离，用审美的态度关照一下自己呢？却原来我是面对这样的困难，好比泰山压顶。你想象一下，一个健康的人，一个有道德、有良心的人，但是他面临了泰山压顶的压力，他应该有一个什么样的精神世界？这种自我关照会不会使自己更聪明、更智慧、更坚强？在人生之中，如果有这种审美的态度，就有了人生的滋味。

我们现在开放多了，《光明日报》的副刊曾经开过一个专栏，叫作"我的悔"，专门写你自己最后悔的一件事。《北京晚报》副刊上也有过一个专栏，叫"尴尬一瞬"，专门写自己人生当中尴尬的事。后悔的事也好，尴尬的事也罢，这都不是正面的定性。但是当你把它写成文章以后，就变成了人生的一个小插曲、小镜头，乃至于变成了一点幽默或者是一声叹息，这个时候你对它看得就更清晰了。所以文学的方式是一个投入的方式、审美的方式，同时又是一个心理健康调节的方式。

语言的功能与陷阱

文学的方式，更是一种语言的方式，因为文学的一切是靠语言来实现的。当然文学书也可以有插图，但是文学的力量归根到底还是在于语言。现在外国的书出版，也有许多稀奇古怪的构想，比如说有些儿童书带有香味，书翻着会有许多味道出现，特别好闻，这就使你更想翻下去；有的儿童文学作品里头加了多媒体，一打开就像新年贺卡会发出好听的声音。但这些都不是文学的正宗，文学之所以是文学，它主要是靠文字。而语言和文字恰恰是人和非人之间最明显的区别。

前不久我听了一个大学生演讲，我觉得现在的大学生用词用得非常精练。他说：虽然我上无片瓦，下无一席之地，但是我还有自己的语言，我还有我会写的字，那么在我这有语言有字的情况下，我就感到富足。他最高兴的事儿就是他在语言上的富足感，而语言对人的作用实在是太大了。语言是人创造出来的，语言是为人服务的。外国有一派学者说，语言反过来统治着人类，人的各种思想实际上已经被已有的语言管住了，人本身还不知道。因为文化的力量、语言的力量太大了。"独在异乡为异客，每逢佳节倍思亲"，这已经规定了你的感情方式；你结婚了，你非常高兴，你会想到"洞房花烛夜，金榜题名时"；有时候你听到好消息，会立刻想到杜甫的"漫卷诗书喜欲狂"。这都说明语言的力量非常大。

毛主席说"应该说服不要压服"，说服不就是用语言使之服从吗？又说"要文斗不要武斗"，文斗说来说去就是用语言斗，不是用气功斗。有时候最激烈的难以解决的争论到最后变成了一个修辞的争论。最后变成修辞学，造一个词，双方都能接受，这个仗就打不起来了。《上海公报》关于一个中国的原则，最后找到一个表达的方式，就是说，海峡两岸都认为只有一个中国，美国对此不持异议。这个美国人也能接受，我们当然也能接受。还有中美南海撞机事件，最后美国用了一个"Sorry"。既然他们已经致歉了，我们似乎也可以把他的飞行员给放了。但是这个"Sorry"不是外交上的正式道歉，"Sorry"也可以表示为难过，对死的人深表难过。不管怎么说，找出了这么一个词。

我从1982年到1992年担任了两届中央委员。有时候我参加一些会议，就发现找词非常重要，你一定要找到一个非常合适的词，最概括又很清晰，还能不被坏人利用，最大限度地鼓励，并且还要好听。有时候我看电视广告，觉得它也是一个找词的过程。有些词找得我实在不敢恭维。一种是你看了半天广告，不懂它要干什么。还有，有种牙膏叫"冷酸灵"，我一看名字就开始有不适之感，我不知道厂商为什么不从正面找词儿。为什么要叫"冷酸灵"呢？你哪怕是叫"很舒服"都比它好啊。

语言的选择和语言的运用很重要，但是语言的方式也会带给文学一些先天的弱点，因为语言毕竟还不是事实。比如，用语言描写一场战争和实际发动一场战争可是两回事。谁敢随便发动一场战争？但是如果你喜欢，又有笔有纸或者有电脑，你完全可以描写得枪炮齐鸣。写爱情也是这样，如果一个人每天都在从事各种样式光怪陆离的恋爱，人们可能会认为这个人是不是有病？但是你描写爱情，就不会碰到这样的问题。你用你的语言描写一个人哪怕同时爱上10个人，一般说也不会遭到追究，更不会发生其他的苦难。所以语言和实际不完全一致，语言的实现是一种虚拟的实现，并不是真的实现。有时候我也开玩笑说，现在有些作家喜欢在作品里写婚外恋，不但写第三者，连第四者、第五者都写出来了。但是你们不要认为凡是写第三者的，都很风流，其实那有很多技术性和操作性上的困难，现实生活中并不可能。有时候我甚至觉得恰恰是因为实现不了，所以才成了笔下的语言。一些写爱情写得好的作家，都是单身汉。安徒生就是单身汉，他写《海的女儿》《冰姑娘》都写得很美。

　　凡事都有另一面，语言也可能是虚假的，可能是套装的。"语言上的巨人，行动上的矮子"，在这里语言就成了贬义词。新疆一位过世的维吾尔族诗人，他有一句诗"我们有一批用舌头攻占城池的勇士"，就是讽刺语言的虚夸。在维吾尔语里，"舌头"就是语言。我们知道，攻占城池毕竟是用武器、用军队，而不能用舌头、用语言。如果你的军事力量已经足够了，派一个能说会道的人去跟敌人谈判，也可以说用舌头攻占城池。但是从根本上，不是靠舌头，而是靠背后的军事力量，靠武装斗争。所以这里我们也看到了文学的非操作性和非行动性的一面。说是语言的弱点也可以，因而不要对语言手段抱不切实际的希望。

　　我有一个亲戚，20世纪80年代初的时候被任命为一个小官，非常兴奋。那时他从我这里拿了一些杂志看，看到蒋子龙的小说《乔厂长上任记》，写的是乔厂长大刀阔斧地进行改革，实干苦干，大干特干。我这个亲戚看完以后就激动得不得了，马上模仿着在他的小单位改造了一番。改造了一年，我这个亲戚就被调走了，因为他太莽撞了。小说里的东西，你把它当成操作的东西来做，很可能要失败。当然也有能操作的，有实践意义的。据说刘伯承司令员就很喜欢看《日日夜夜》里头描写保卫斯大林格勒战役的巷战描写，因为那些描写符合战略战术的一般原则。高扬同志担任河北省委书记时，曾经在省三级干部大会上把陆文夫的小说《围墙》当学习资料发给大家，因为《围墙》里面描写了一个不是空混的，而是自己实干苦干，而且富有创造性的一个干部。当时大部分文学作品不能在实践中照搬。我常常套用《三国演义》里的一句话："言过其实，终无大用"，就是指说得比他实际做得好，这样的人没有办法派上大用处。我希望我们通过"言过其实，终无大用"这句话来警惕自己，在讨论文学的方式、文学的优越性同时也能看到语言不足的一面。

第六章

说知论智

/

为自己
创造
不止
一个世界

　　智慧是美丽的。智者会有更好的风度，更宽阔的心胸，更从容的举止，更自如的挥洒，更多的包容与耐受，当然也有更多更多的自信、自尊、自爱。

人生的"第一智慧"与"第一本源"

　　我愿意特别强调和讨论学习的绝对性。学习对于我是一个绝对的概念。为什么说是绝对的呢？因为第一，它是无条件的，什么条件下都能够学习。有书可以学没有书照样要学。身体好的时候要学，躺在病榻上也要学。一切体验经验都是学习。新体验新经验当然是学习，老体验的重复也是一种学习，温故而知新，所有的"故"里都有你未曾发现的新天地新可能新感受，因为你并不可能两次踏入同一股水流里。

　　第二，学习是从始至终的，全天候的，是与生俱始、与生俱终的。每个人每天的学习时间是24个小时，每周的学习日是7天，没有假期没有休止，甚至睡眠中你仍然在记忆仍然在温习仍然在琢磨仍然在酝酿仍然在苦恼。你的所有的梦境与无梦，香甜的与苦涩的、安稳的与辗转反侧的、满足的与痛苦的睡眠经验都是人生体验的一部分，都能给你以人生的启示，都要求你更清明、更开阔、更高尚、更纯熟、更身心健康，都要求你有更高的人生境界，而这样的境界并不是不经学习就可以一蹴而就的。

第三，学习是一个人的真正看家本领，是人的第一特点第一长处第一智慧第一本源，其他一切都是学习的结果学习的恩泽。一个人正如一个群体，归根结底要有实力，而实力的绝大部分来自学习。本领需要学习，道德修养也需要学习；知识需要学习，机智与灵活反应也需要学习；作贡献作牺牲需要学习，享受生活提高自己的生活质量也需要学习。健康的身心同样是学会了健康生活方式特别是健康的心理活动模式的结果，学习的结果。学习的绝对性与学习的第一性是分不开的。

第四，学习是永远没有完结之日的，一切学习一切教益，都有自己的时间、地点、课题的针对性具体性生命力与局限性。一切知识与判断，都不是永远的与无条件的。人的一切经历，一方面是真实的与清晰的——我并不主张

为自己
创造
不止
一个世界

人生如梦——因此是可以确定地把握的；另一方面却又是一时一地一事的，它未必能够代表一切时一切地一切事，而且它是或快或慢正在成为过去成为往事的。人不可能在两次之中踏入到同一股水流中去。就是说，你永远会面临新问题，永远不会有百分之百的现成答案。你的判断与知识都是由于其具体性而获得了生命力的，却也是由于其具体性而并非长命百岁、一劳永逸。当代西哲主张科学的特点在于它是可以被证伪的，而不在于它是被证实的。这个见解确实很高明。因为一切科学法则，都是通过多次实验、测试，即用归纳法概括出来的，而即使是一百万次的实验与测试都得到了同样的结果，从理论上说，也并不能排除在第一百万零一次实验或测试中发现新的情况新的数据即证伪原来的结论的可能性。这正是科学的特质。而例如一些神学命题，则是既无法证明也无法证伪的，所以不属于科学范畴。这样一个思路，可以启发我们去体认科学与真理的一个特点、一个品格：寻找与正视已有的一切的不足，寻找对已有的结论的突破，致力于自我批评方能自我完善，永远处于学习的过程中，而绝对不认为真理可以够用可以终结。这将大大开拓我们的视野，突破我们的自满自足与抱残守缺，引导我们进入一个求学求知的新境界。

最后，学习是涵盖一切的。生活即学习，学习即生活，学习即性格，性格的自我认知发扬发挥与自我控制自我完善都是学习。学习即成就，成就即学习，使学到的东西化为成就至少是帮助成就的取得，本身就是一个极好的学习或曰学习，取得了初步的成就并认识仍然存在的不足，以取得下一个更大的成就，当然更是学习。失误后的反省，反省后的弥补的努力，暂时难以弥补状况下的善于等待，最最恶劣情况下的从容镇定，宠辱无惊，这种学习是博士后的研究也未必能够达到的。

尤其重要的，实践即学习，认识即学习，思想即学习。从认识论的意义来说，一切实践都是认识过程的一个不可或缺的部分，故而即学习。而凡是从认识论的意义上把握自己的社会实践活动的，都是善于学习者、有心者，另一个说法就是思想者。能够从实践里获得知识、获得认识，能够将直观的具体的零碎的活动升华为思想境界，这还不是思想者吗？不要以为只有读了一两本最新译著，并作大有思想状的人才有思想，更不要以为只有诞生在某一个特定年代，符合某个生辰八字的人才是思想者。能够从实践中汲取思想、观点、原则和方法的人，难道不是思想者吗？能够从人生的沧桑中获得光明的智慧的人，那才是思想者，至少我们应该同样重视那些有能力把经验与感受概括为升华为思想的人。其实你只要学得稍稍深一点，就会突破死记硬背的层次而进入思想。分析、概括、联想、启发、寻觅、假设，都是思想，至少是思想的初步。我们有时候称赞一个人有思想，或者说他是明心人，便是指他善于在实践中思考、判断、总结、分析、探索和综合。

一个人的思想，是非常值得赞美的东西，是智慧、清明、用心、明晰、深度和实力的保证，是对于愚昧、迷信、无知、糊涂、浅薄和无能的消除。学也无涯，思也无涯，乐也无涯。不要以为只有那些（踺）新洋名词和港台泾浜的人，端起精英架子来并且怒气冲冲、怨毒唧唧、一脑门子阴影和别人欠他的账单，还有糊涂糨糊的人才是思想者。不要以为思想者都是苦大仇深，腰上别着炸弹，讲几句皮毛常识便壮烈得如同进行了自杀式袭击的人。思想不是少数人的特权，不是作秀。爱学习就是爱思想，善学习就是善思想，爱实践并且聪明地而不是糊涂地实践着的人，都是思想者，至少都有可能向着创造性的有价值的思想迈进。

学习是我的骨头

　　学习是我的骨头，学习是我的肉（材料与构成），学习是我的精气神，学习是我的追求、使命、奋斗。学习也是我的快乐、游戏、智力体操。学习是我的支撑，学习是永远不可战胜的堡垒，学习是我的永远的主动性积极性，学习是我的立于不败之地的保证。

　　学习是我的英勇和不露声色的对于邪恶的抵抗。正如思想是不受剥夺的，学习也是不受剥夺的。学习使我坚强如钢刀枪不入。你可以诬陷我剥夺我控制我的人身，你无法限制我在闭目养神的时候背诵唐诗宋词英语十四行诗，你无法不准我随时复习外语单词，你无法剥夺我的思考回忆分析观察谛听，甚至谛听一个蠢货怎么样地自以为是胡说八道横行霸道滔滔不绝。这也是一种对于人性的探索和追问，是一种人生经验的体察，是一种学习。当一个家伙对你说不准学习的时候，这已经提供给你一个难得的人性恶的教材，这已经提供给你一个难得的人间喜剧，这已经解答了你长久以来未能解答的关于人可以有多么蠢多么坏和蠢人与坏人一旦暂时掌权会有怎么样的滑稽表演的问题。

当然，你也应该尽量去理解这个坏人和蠢人的心理与动机，看看他究竟为什么那样的自以为是，那样的自鸣得意，从他身上得到借鉴，得到警惕，得到教训，见到坏人不要只考虑他的坏，也要反问自己，换一种条件下自己会不会也做同样的或类似的坏事蠢事？还有自己有没有失误疏漏，给了他或她以可乘之机？

学习又是我与客观世界的和解、协调和沟通，通过学习，我发现了和珍视着现实条件具有的每一丝可能性，调动和利用一切积极因素，对这个世界有了更好的理解，像斯宾诺莎说的，不哭，不笑而要理解。在一切条件下使自己生活得充实、向上、有意义，并从而摆脱了虚度年华的失望、痛苦和嗟叹。

所以学习使我乐观，学习使我总是有所收获，学习使我总是不至于悲观失望，学习使我谦虚，使我勇于并且惯于时时反省自查自律，叫作"学而后知不足"。如果自以为完美无缺，那就杜绝了学习的必要与可能。学习使我不至于先入为主，自吹自擂，关在小屋里称王称雄。学习还表示了我对于人类知性、对于智慧、对于文化、文明与科学也包括对于活生生的生活的尊重和向往。

截至今日，我们的知识是很有限的，我们的理性常常陷于困境，我们的自以为是的智慧时而误导乃至自欺欺人，我们的生活里还充满着不尽如人意的方面。然而我们不能因此而摒弃文明、摒弃理性、摒弃人生，而是要尽其所能地从人类已有的文明中，从人类与自身的已有的智慧中，从各种活生生的人生图景、人生故事、人生经验中寻找接近真理、接近美善的前景。

例如医学，当然目前的医学远非完美无缺，更非万能，但是我找不到比利用现有的医学更好的治疗疾病的方法。

说什么对医生的话不可全信也不可不信，这样说易如反掌，但是信什么不信什么？随机吗？撞大运吗？不信医生的而信你的不可全信说吗？算了吧，比较起听你的信口胡言来，我宁愿听医生的话。

科学也是如此，在一个愚昧和迷信还在泛滥的国家，批判科学的不足恃，又是由一些本身的科学知识未必比科盲好太多的人文知识分子来批，我总觉得矫情。根据我自己的经验，至少我本人，以现代的科学医学发展水准衡量，仍然大体属于医盲科盲的群体，我宁愿对科学采取敬畏的态度。

学习又使我超越、超脱。学习使我遇事不仅仅关注一时一地的得失成败，而是把它作为一个学习的契机、学习的漫长过程的一个环节，每事问（包括自问），每事学，于是得到一种登高望远、气度从容的感受，得到一种曲曲折折地走向光明的欢喜。

学习促使人采取一个更健康的态度和方略。批判是健康的批判而不是大言欺世。痛苦是有为的痛苦，不是类似

为自己
创造
不止
一个世界

吸毒的反应。鼓舞是健康的鼓舞，不是牛皮山响。成功是清醒的成功，不是范进中举。人生是明朗的人生，是明朗的航行，不是酸溜溜、阴森森、嘀嘀咕咕、磨磨唧唧的阴沟里的蠕动。学习使我得到智慧得到光明，如果没有一下子得到，那至少也是围绕着靠近着感受着智慧和光明。

生活：最好的"辞典"与"课本"

读书是学习。学习材料对我是非常重要的。例如学习维吾尔语，我首先依靠的是新中国成立后新疆省（那时自治区尚未成立）行政干部学校的课本。我从那本课本上学到了字母、发音、书写和一些词一些句子一些对话。另外靠的是《中国语文》杂志20世纪60年代的一期，此期上有中国科学院社会科学部民族研究所朱志宁研究员的一篇文章《维吾尔语简介》。后一篇文章我读了不知道有多少遍，学一段，用一段语言，就再从头翻阅一遍朱先生的文章，从而获得了新的体会。有时听到维吾尔族农民的一种说法，过去没有听过，便找出朱文查找，果然有，原来如此！多少语法规则、变化规则、发音规则、构词规则、词汇起源……都是从朱教授的文章里学到的啊！朱教授是我至今

184

没有见过面的最大恩师之一。当时林彪讲学毛著要"活学活用，急用先学，带着问题学，立竿见影……"等等，说老实话我倒没有以此法去学习毛著，我确实是以此法学了"朱著"。不是朱德同志的著作，而是朱志宁教授的"著作"，他的一篇简介，使我终身受用不尽。

是的，学习的方法是书本与实践的结合。我常常从根本上去追溯人类的语言是怎么学的。一个婴儿，不会任何语言，靠的是听，百次千次万次地听，听了之后就去模仿，开始模仿的时候常常出错，又是百次千次万次地实践之后，就会说了。会听在前，其次会说，再次才学文字。就是说，学语言一要多听；二要张口，要不怕说错；三要重复，没完没了地重复；四要交流，语言的功能在于交流，语言的功能在于生活，一定的语言与一定的生活联系在一起，一定的语言与不同的人的不同与共同的表情神态含意联系在一起。语言孤立地学不过是一堆符号而已，就符号记符号，太无趣了所以太难了。语言与生活与人联系在一起学，就变得非常生动非常形象非常活灵活现多彩多姿。比如维吾尔人最常说的一个词"mana"，有的译成"这里"，有的译成"给你"，怎么看也难得要领。而生活中一用就明白了，你到供销社购物，交钱的时候你可以对售货员说"mana"，意思是："您瞧，钱在这儿呢，给您吧。"售货员找零钱时也可以说"mana"，含意如前。你在公共场合找一个人，旁人帮着你找，终于找到了，便说"mana"，意即就在这里，不含给你之意。几个人讨论问题，众说纷纭，这时一位德高望重的人物起立发言，几句话说到了要害，说得大家心服口服，于是纷纷赞叹地说："mana！"意思是："瞧，这才说到了点子上！"或者反过来，你与配偶吵起来了，愈说愈气，愈说愈离谱，这时对方说："你给我滚蛋，我再也不要见到你！"于是你大喊"mana"，意即抓住了要点，抓住了对方的要害，对方终于把最最不能说的话说出来了。如此这般，离开了生活，你永远弄不清它的真实含意。

与"mana"相对应的词是"kini"，"kini"像是个疑问代词，你找不着你要找的人时，你可以用"kini"来开始你的询问，即"kini，某某哪里去了？"会议一开始，无人发言，你也可以大讲"kini"，即"kini，请发言啊！"这里的"kini"有谁即谁发言的意思。你请客吃饭，宾客们坐好了，菜肴也摆好了，主人要说："kini，请品尝啊。"一伙人下了大田或者工地或者进入了办公室，到了开始工作的时

间了，于是队长或者工头或者老板就说："kini，我们还不
（开始）干活吗？"这样，"kini"既有疑问的含意，也有
号召的含意。那么"kini"到底怎么讲怎么翻译最合适呢？
这是一切字典一切课本都解决不了的。"kini，有条件的，
我们不到维吾尔兄弟姐妹里边去学语言吗？"

英语也是一样。英语不仅是一种达意符号，也是一种
情调，一种文化，一种逻辑性，一种生活方式。现在有所
谓逆向英语以及疯狂英语的教学，只要把有关的商业性炒
作的因素剔除，它所提倡的那种从生活中学、贯耳音、大
胆地讲大胆地听大胆地用，错了也不要紧的精神，那种学
英语讲英语的自信，那种重视口语的态度，以及那种学一
门外语时的如醉如痴如狂的态度，都是正确的和必要的。

学习语言的过程是一个生活的过程，是一个活灵活现
的与不同民族的人的交往的过程，是一个文化的过程。你
不但学到了语言符号，而且学到了别一族群的心态、生活
方式、礼节、风习、一种思维方式、一种文化的积淀。用
我国文学工作上的一个特殊的词来说，学习语言就是体验
生活、深入生活。

把语言学活是一个好的学习方法，这也是一种观念一种精神境界。不仅仅在用中学和在学中用，而且到了一定程度，用就是学，学就是用，善学者是不可能严格区分何者为学何者为用的。我们将儿童学话叫作咿呀学语，其实也可以说那是咿呀用语。做任何事情都抱一个学习的态度，也就是抱一个谨慎负责的态度、动脑筋的态度、精益求精的态度、不断提高的态度，一个津津有味、举一反三、举重若轻、融会贯通的态度。这样，学习态度与工作态度、生活态度，学习精神与工作精神，工具理性与价值理性就高度结合起来了。

思想的魅力

在甘地墓，有一块石碑，上书甘地名言："简朴的生活，崇高的思维（simple life, high thinking）。"

这话确实非常甘地，非常印度，非常人文，非常精神，也非常符合第三世界知识分子的口味。我们想一想甘地的打扮吧，披着一片麻布就行了。这也非常东方，我立即想起了"安贫乐道"的中国古训，想起了孔夫子对颜回的称道："贤哉回也，贤哉回也。一箪食，一瓢饮，人不堪其忧，回也不改其乐……"

一位欧洲朋友曾经对我说，与印度人相比，中国人是不是太在乎本国与发达国家的差距，太在乎本国的经济发展，太在乎人均收入和消费水平了？印度虽然很穷，但是他们言谈之中不大在意这一点。

西方流行着一个文化故事，说是半夜房顶漏雨了，不同文化的人有不同的对待。欧洲人会爬到房顶上去修房；中国人会想办法遮雨导水，继续睡觉；而印度人呢，会沐雨而歌舞一番。

比喻都是跛足的，尤其是对中国人的说法我们多半不服气，但也可能更坏，一漏雨房子里的人先各自推诿责任互相埋怨直到爆发内战。印度人的沐雨而歌舞实在可爱得要命，却又有点匪夷所思，更像梦游或是走火入魔。

据说印度有一个有名的故事，两个人在河边，一个捕鱼，一个睡觉。捕鱼者劝告懒惰者要努力工作，懒惰者问："捕鱼干什么？"答："卖钱。"问："要钱干什么？"答："享受，休息。"问："你看我现在舒舒服服，而你在忙忙碌碌，我不是已经又舒服又享受了吗？"答："？？？"我在德国作家、诺贝尔文学奖得主海因里希·伯尔的短篇小说中看到过同样的故事，不知道是伯尔受到了印度哲学的影响还是印度人受到了伯尔的影响，还是二者巧合。

简朴的生活，崇高的思维，这确实是一种理想，但是如果简朴到了不能正常地至少是不能健康地活下去的地步呢？在印度的城市，你会遭遇多少乞丐呀。我试图向其中的一些妇女和儿童施舍，不得了，给了一个，上来十个，他们围上你的汽车，拼命敲响你的车窗。还有一些畸形的残疾者，我见到过一个脚大得吓人的象腿病少年，太可怕了。

再比如印度的旅游，那么好的地方，如泰姬陵，如爱罗拉和阿旃陀石窟，连一个像样的旅游纪念品或礼品商店也没有，交通也是那么艰难。在这些地方，一些儿童围着你强卖，许多都是假冒伪劣产品，实际上卖不出什么价钱。他们的旅游业实在是属于待开发的状况呀。

为什么不是日益提高的生活和日益提高的思维层次呢？为什么水涨船高会比一低一高更差？生活的简单是一瞬眼就看得见的，思维是不是高明，谁来判断？弄不好会不会成为阿Q？如果现世与憧憬两者都具有高质量岂不更好？泰戈尔不就是既有美好的生活，伟岸的身躯，阔大的花园和房屋，又有美好的诗篇、散文、音乐和哲学吗？

然而世界是丰富多彩的，印度仍然是迷人的，远观比投入更迷人。而且，近来印度经济也在迅速发展，印度的电脑软件业比中国发展得好得多。用不着王某人杞人忧天，更无须越俎代庖。我要说的只是，不止一个中国作家在访问完了印度以后，更为自己生活在中国而庆幸不已。我同时借此小文给美丽的印度人以最好的祝福。

思想美丽，学习着也是美丽的

有价值的思想是美丽的，学习着是美丽的，思想着是美丽的，认识着的实践是美丽的。提倡学习就是提倡思想提倡智慧和光明，消除愚昧和黑暗。

再想出一千种词儿也说不完学习的意义、学习的益处、学习的绝对性。

人生还会有许多困惑、许多悖论、许多一时看不清说不明左右为难进退失据之处。有时候一个成熟的人无法但又必须立即做出决定或立即表示臧否。当你面临选择的痛苦的时候，你可以更有把握地去学习，用学习和思想抚慰你的焦虑，缓解你的痛苦，启迪你的智慧，寻找你的答案。学习归根结底是通向真理，通向知识，通向光明，通向正确的抉择。它同时通向快乐，通向胜利，通向精神的家园精神的天国。学学这，再学学那吧，看看这，再看看那吧，听听这，再听听那吧，这么想想，再那么想想吧，勾画出一个又一个的草图再细细地修改和完成它们吧，你将避免冲动，避免极端，避免刚愎自用，避免出尔反尔，避免无所事事，避免精神空虚，避免消极悲观，更避免暴跳如雷和怨天尤人。在世界还有些混乱，乃至你一时以为是天塌地陷的时候，在你完全不知道自己应该做什么才好的时候，你至少，你完全能够学习，甚至那一切困惑造就的是你学习的迫切、学习的饥渴、学习的针对性与学习的切肤之感。这不正是学习的大好时机、最好时机吗？在你一时受到误解，受到打击，受到歪曲，受到封杀而你一时又无什么办法可想，无法改变你的处境的时候，安心学习吧，补课吧，学习你在顺利情况下欲学而没有时间学的那些表面的冷门吧，这是天赐的强化学习月或强化学习年的开始，你理应得到更多的学分，达到更高的学位。

谈学问之累

　　"知识愈多愈反动"的说法自然不对。"书读得愈多愈蠢"云云，在特定的条件下，还是有几分道理的。我国戏曲舞台上，话本小说里，口头传说中，书呆子的形象为人们所熟知所嘲笑，当然不是没有来由的。总括起来这些受书害的人们的特点是，瘦弱，不能吃苦，不能稼穑，胆小，见到美女神魂颠倒却又不敢追求，常需要小丫鬟的提挈栽培，遇事没有主意，遇到恶人就吓破了胆，酸文假醋，该断不断，另一方面却又优越得不行，一朝得中状元，翻脸不认糟糠之妻与贫贱朋友。他们的形象真叫够可以的。

　　书是教人学问、教人聪明、教人高尚的，为什么书会使某些人蠢起来呢？因为书与实践、与现实、与生活之间并非没有距离。人一辈子许多知识是从书本上学的，还有许多知识和本领是无法或基本无法从书本上学到手的。例如：游泳，打球，太极拳，诊病把脉，开刀动手术，锄地，割麦，唱歌，跳舞，拉提琴，恋爱，靠拢领导，团结群众，与对立面斗心眼儿，申请调动，申请住房，增加收入……直到写小说。书是非常重要非常重要的，但书未必都很实在。书要比口头语言的传播精密得多、负责得多，但也常常经过太多的过滤和修饰。还有许多题目题材尚未形成可以成书的原料与动机，有些事理太鄙俗、太丑恶，书本上不肯写。

例如没有一本书教人们如何"走后门"，但事实上"走后门"的愈来愈多。换一个角度想，即使为了加强廉政建设，也需要更好地研究开后门与走后门的林林总总，但如果当真撰写出版一本"后门大全"，则很可能起到消极的教唆的作用。这也叫两难。有些事理太高妙、太精微，许多艺术上的感觉、激情直到技巧只可意会，不可言传，不可通过书本来传授——即使是烧一碟好菜，也不是光靠读菜谱能做得到的。

还有些事理太重大、太根本，与之相比，书本的分量反而轻了。比如一种人生观，一种主义一种信仰，往往是一个人的全部经验的总结，全部人格的升华，全部知识的融汇，它来自生活这部大书的因素超过了某几本具体的书。如果某几本具体的书起了关键作用，也是因为符合了该读者的生活经验与生活需求。例如读了《钢铁是怎样炼成的》便去参加革命，首先是因为生活中的革命要求已经成熟，而这种革命要求已经酝酿在、躁动在这位读者的心里、梦里、血管里、神经里。再比如说道德，至少在我们这里绝无哪一本书告诉人们可以不道德与教导人们如何不道德，亿亿万万的书教导人们要道德、要道德、要道德，但不道德的人和事仍然是层出不穷。从这里也可以看出书的局限性、书的作用的局限性这一面。

　　有许多许多的好书我们还没有读或我们还不知道它的存在。与此同时还有许多伪书、谬书、坏书。特别是有许多陈陈相因的书。创造性的书难找，照抄或变相照抄的书易求。读书、抄书、注书，遂也写出了书再供别人去抄去注，去改头换面，在书的圈子里循环，在书的圈子里自足自傲，被书封闭在一个缺少现实感也缺少生活气息的狭小天地里，最后连说话也都是书上的话、现成的话、见×书第××页的话，这很可爱、很高尚，也很误事、很可怜，办大事时候就更麻烦。所以毛主席当年大声疾呼地反对"本本主义"，还说过教条主义不如狗屎，说过读书比宰猪容易得多的一类话。年轻时我曾拜访求教过一些前辈学者，获益良多。但确实也碰到过这样的人，除了背书、引书、查书、解书以外，他回答不了你自己琢磨提出的任何疑问，他从不把书本知识与生活现实做任何的比较联系，他从来不发表任何原生的（即出自他自己的头脑与经验的）活泼新鲜独到的见解。

泛论暂且按下，这里只抽出一个问题探讨一下：学问与文艺的关系到底如何？七八年前我在《读书》上发表过一篇文章《一个值得探讨的问题——谈我国作家的非学者化》，此文的主旨是针对"我们的作家队伍的平均文化水平有降低的趋势"（这个问题早在1979年第四次全国文代会上的大会发言中我已提出）提出："我们既提倡作家不应与学者离得那么远，作家也应严肃治学，又不能要求作家普遍成为一般意义上的学者。也许从反面更容易把话说清，即作家绝不应该满足于自己的知识不多的状况，作家不应该不学无术。"

很可惜，大概一些朋友并没有读我的这篇文章更没有弄清我的这一段概括题意的话就认定并传开：某某写文章了，某某提倡作家要"学者化"了。认为谈得好者、响应者有之，认为是制造新的时髦浮夸乃至认为此后创作中出现大量名词术语洋文假洋文旁征博引的始作俑者就是提倡作家"学者化"的某某人者亦有之。既然谈了"非学者化"并有所忧虑，那当然是叫俺们"学者化"了，这种非此即彼的想当然倒确实说明了一点粗疏简单。

反求诸己，那一篇文章中我强调了作家努力地严肃地治学求学乃至"争取做一个学者"（是争取，还没到化的程度）的必要性，却没有谈够另一面的道理，即学问和文艺，特别是和文艺创作与鉴赏，有相通、相得益彰的一面，也有相隔乃至隔行如隔山的一面的道理。这样，一面说"争取做一个学者"，又说"不能要求作家普遍成为一般意义上

第六章
说知论智

199

的学者"，就没把道理讲明讲透讲痛快。这样，引起某种片面简单化的理解，责任就不能全推出去。

学问与文艺有相通的一面，所以在那篇文章里我强调了作家要加强学习特别是文化知识的学习。但学问与文艺，毕竟也有不同的一面：前者相对地重理智、重思维、重积累、重循序渐进、重以公认的标准与手段加以检验而能颠扑不破的可验证性；后者则常常更多地（也不是绝对地）重感情、重直觉、重灵感、重突破超越横空出世、重个人风格的独特的不可重复性无定法性。

例如，甲先生是那样的懂文学、懂文论与文学史，读过那么多文学读物，谈起文学来是那样如数家珍，为什么他硬是搞不成创作呢？（毛主席就批评过：中文系的毕业生不会写小说……）试答如下：只是喜爱文学的人最好去教文学讲文学论文学；而只有既喜欢文学更热爱生活执着生活并能够直接地不借助于现成书本地从生活中获得灵感、启悟、经验与刺激，从生活中汲取智慧、情趣、形象与语言的人才好去创造文学。生活是文艺的唯一的源泉，文学

200

本身并不能产生文学，只有生活才能产生文学。这些都是我的一贯信念。作家应该善于读书更需要善于读生活实践的大书、社会的大书。学者当然善于读书，如能通一点大书（不一定同时是实行家）也许更好。换一个说法，作家多少来一点（不是全部绝对）学者化，学者多少来一点生活化，大家都学会倾听生活实践的声音，如何？

或又问，乙先生是那样的学贯中西、文通古今、读书万卷、著作等身，为什么听他谈起某个作家作品却是那样博士卖驴不得要领，或郢书燕说张冠李戴，或刻舟求剑削足适履，使生动活泼奇妙紧张的艺术鉴赏的痛苦与欢欣，湮没在连篇累牍而又过分自信的学问引摘里？

试答：学问也能成为鉴赏与创作的阻隔。已读过的书可能成为未读过的书的阅读领略的阻隔。已经喝过太多的茅台、五粮液，并精通"茅台学""五粮学"，不但无法再领略"人头马""香槟"，不但无法再欣然接受"绍兴黄""状元红"以及"古井""汾酒"，甚至也不再能领略茅台酒与五粮液。因为对于这些人，新的茅台五粮液引起的不是精密的味觉嗅觉视觉的新鲜快感，而是与过去饮用茅台五粮液的经验的比较，与先入为主的"茅台学""五粮学"的比较。已有的经验起码干扰了他的不带成见的品尝。所以几乎中外所有的老人都常常认定名牌货一代不如一代，都认定新出厂的茅台掺了水。经验与学问的积累、牵累、累赘，使他们终于丧失了直接去感觉、判断外在的物质世界的能力，甚至丧失了这方面的兴致。当然，这种学问（经验）的干扰不一定都是否定意义上的。如果新的文艺接触恰恰能纳入先前的学问体系之中，如果某个文艺成果恰恰能唤起已有的但已逐渐淡忘模糊的学问经验，它也能激起一种特殊的狂喜，获得一种一般人难以共鸣的"六经注我"的心得体会。这里的主体性是自己已有的包括已忘未忘的学问经验，而不是文学艺术作品本身。最后，不但六经注我，生活也注我，宇宙也注我，"我"只能不断循环往复，而不注我的也就只能置若罔闻了。实实的可叹！

举个例子。偶读上海古籍出版社出的《胡适〈红楼梦〉研究论述全编》第二百八十九页《与高阳书》中，这位大学者是这样说的："我写了几万字的考证，差不多没说一句

202

赞颂《红楼梦》的话……我只说了一句：'《红楼梦》只是老老实实描写这一个坐吃山空、树倒猢狲散的自然趋势，因为如此，《红楼梦》是一部自然主义的杰作。'此外，我没说一句从文学观点赞美《红楼梦》的话。"

胡适接着写道："老实说，我这句话已过分赞美《红楼梦》了。书中主角是赤霞宫神瑛侍者投胎的，是含玉而生的——这样的见解如何能产生一部平淡无奇的自然主义小说！"

（王某忍不住插话：是您给《红楼梦》戴上自然主义的帽子，后来发现它的脑袋号不对，所以"不能赞美"脑袋，却必须坚持帽子的价值的无可讨论与无可更易。削头适帽，确与削足适履异曲同工。）

胡适自我感觉良好地说："我曾仔细评量……我平心静气的看法是：雪芹是个有天才而没有机会得着修养训练的文人——他的家庭环境、社会环境、往来朋友、中国文学的背景等都没有能够给他一个可以得着文学修养训练的机会，更没有能够给他一点思考或发展思想的机会（前函讯评的'破落户的旧王孙'的诗，正是曹雪芹的社会背景与文学背景）。在那个贫乏的思想背景里，《红楼梦》的见解也不过如此。"

胡适接着举"女儿是水做的骨肉，男人是泥做的骨肉""女儿两个字，极尊贵、极清静的……"为例，指出"作者的最文明见解也不过如此"，更举贾雨村的关于清浊运劫的"罕（悍）然厉色"的长篇高论，指出"作者的思想境界不过如此……"

我想，我从未怀疑过胡适是有学问、颇有学问的人，我对他的学问不乏敬意。而且我知道胡适写过具有开创意义的新诗集《尝试集》，虽然其中的诗大抵中学生水准，在当时能带头用白话文写诗，功不可没。但看了他对《红楼梦》的评价，我颇怀疑他是否有最起码的文学细胞和艺术鉴赏细胞。这位大学者读文学作品的时候未免太缺少一种纯朴、敏感的平常心、有情之心了！他老是背着中西的学问大山来看小说了，沉哉重也！

什么叫"没有机会得着修养训练"呢？把曹雪芹送到

康奈尔大学、哥伦比亚大学或高尔基文学院去留留学如何？什么叫"思考或发展思想的机会"？是指他没有与苏格拉底、柏拉图对过话还是指他没有在导师指导下完成博士论文？什么叫博士，胡当然是知道的，什么叫大作家，知道吗？曹雪芹的价值在《红楼梦》而不在他的学历和论文。更不在他的背景，我们叫作"阶级出身"的。如果曹雪芹的"背景"不是"破落户的旧王孙"，而是洛克菲勒家族或牛津、剑桥的曾获诺贝尔奖奖金的学者之家，他还是曹雪芹吗？他写出的还能是《红楼梦》吗？曹雪芹的见解、思想境界也许不如杜威或者萨特高明，所以他没有贡献出什么什么主义，正如那几位大哲学家没有贡献出《红楼梦》一样。

而《红楼梦》的价值，当然不在于表达曹雪芹的"修养训练""发展思想""见解高明"（这些都适合于要求博士论文而不宜于要求"亘古绝今第一奇书"——蔡元培语——的《红楼梦》）。《红楼梦》的价值在于它的原生性、独创性、生动性、丰富性、深刻性。人们面对《红楼梦》的时候就像面对宇宙、面对人生、面对我们民族的历史、面对一群活灵活现的活人与他们的遭遇一样，你感到伟大、神秘、叹服和悲哀，你感到可以从中获取不尽的人生体验与社会经验、不尽的感喟、不尽的喜怒哀乐的心灵深处的共振，也可以从中发现、从中探求、从中概括出不尽的高明的与不甚高明的见解。

《红楼梦》的价值在于它创造了一个世界而不在于去解释这个世界。"天何言哉"？"天"创造了四时万物，对四时万物发表见解则是真正聪明与自作聪明的亚当夏娃的后代们的事。

《红楼梦》的价值还在于它的真切与超脱，既使你牵肠挂肚又使你扑朔迷离、怅然若失。只有丧失了起码想象力的博士才会认为有必要指出曹雪芹的缺乏妇产学知识，他竟然认为宝玉是神瑛侍者投胎与衔玉而生！这使我想起我在"五七干校"时学的批判材料，材料说："明明蔬菜是我们贫下中农种的，作家却说是兔子种的，这不是睁着眼说瞎话吗？"（指那个家喻户晓的"拔萝卜"的故事）原来教条主义也是不分"左""右"地亲如同宗的噢！

206

这不过是一例，学问家以己之长，攻创作家之短，或自以为是创作家之短。而这一例竟然以一般的学问标准——修养训练呀，发展机会呀，背景呀见解呀什么的——去攻创作的奇才、天才、无与伦比的曹雪芹。伟大的作家恰恰在这一点上与一般学问家不同，他不仅是修养训练的产物，更是他的全部天赋、他的全部智慧、心灵、人格、情感、经验……他的每一根神经纤维和全身血液的总体合成。文学系多半培养不出创作家来，医疗系倒"培养"出了许多大作家——鲁迅、郭沫若甚至俄国的契诃夫。诸如此类的事实，不能成为贬低文学科系或反过来贬低作家的理由，也不能成为视医学训练为作家之必需的理由。

　　反过来说，作家当然也不该忽视自己的修养训练。其实曹雪芹在当时条件下还是受过许多修养训练的，否则他哪儿来的那么多文化知识与生活知识？特别是他的语言积累，难道不是"当然"使博士惭愧？他的"女权主义"思想可能确实"贫乏"，他的知识特别是不见于经传的知识却实在丰富得很。而作家的创造性得之于不见经传的知识、得之于生活这本大书的要比得自康奈尔、哥伦比亚的图书馆的更多也更重要。他的这方面的"背景"独特而且源远流长，没有这样的背景而换成博士可能认为绝不贫乏的希腊罗马文艺复兴产业革命的背景，曹雪芹就不是曹雪芹而是曹尔斯特博士、曹尔斯特教授、曹尔斯特院士了。这样的教授院士说不定还有人可以替代，而曹雪芹与《红楼梦》，却是无可替代的唯一。

希望学问多一点灵气。希望创作家多一点学识，却不要因学识而"戕宝钗之仙姿"又"灰黛玉之灵窍"。学问家也不要因灵气而想当然地信口开河，随意指点，甚至一口一个当然，就像王善保家的论搜检方案，一口一个"自然"其实远不自然当然一样。知之为知之不知为不知，是知也。我们的学问，我们的创造力，究竟涵盖了多少对象，又有多少（不应是多少而应是多得多）对象，还处在我们的理性、我们的悟性灵性所远远没有达到的黑洞里啊，谁又可以高高在上地摆出全知全能的架势来呢！

作者附言：给《读书》撰文谈读书的局限性，令人歉然。笔者其实一直是提倡读书、提倡学问、决心拜学者前辈们为师的。但事实确也有另一面的道理。不能轻视也不能迷信学问。天下的事，常常需要讲两句话，"既要……又要……"的句式虽然俗，却是必要的。有什么法子？打油一联曰：既要又要全必要，求知疑知近真知。

在宇宙隧道里前行的智慧之灯

　　即使是最最抽象的哲学与数学的论述，也体现了智慧的魅力和光辉。智慧有一种自信，有一种雄心，有一种光明，它不承认黑暗，不承认失败，不承认混乱和无序，理性在宇宙的隧道里按部就班地前行，一步一个脚印，理性顽强地伸展着自身，拨开重要迷雾，打破层层坚冰，照亮了这一部分，又照亮那一部分，在哲学原理数学原理后边你会发现怎样的智慧与深沉勇敢与坚韧，还有是怎样地和谐与完满的美！

　　人生是有许多快乐的，智慧的运用与智慧的胜利，人生之至乐，人性之至喜。当你冥思苦想人生的一个问题，翻译上的一个问题，一道数学证明或作图题，当你做了几十次几百次实验都没有取得你坚信必然会取得的那个成果的时候，四顾茫茫，杳无踪迹，上下求索，左右碰壁，奔突疲惫，几近绝望。突然，你好像得到了一点启发，这启发并非直接，这由头并非针对，然而你听到了一声佛音，你看见了一泓水洼，你闻到了一股香气，你打了一个喷嚏，有个影子在你眼前一闪，有块云彩在你头上的天空一现，你忽然明白了，你忽然换过了思路，你似乎找到了另一条大路，你才知道，你上来就弄错了，你误导了你自己，你走进了死胡同。"苦海无边，回头是岸"，起死回生，转悲为喜，全在一念，一阵灵光照亮了你的周围，一条明路出现在你的面前，八面来风，春雨滋润，九重宫阙，豁然贯通，一通百通，一顺百顺，天光明艳，智光如电，于是得心应手，俯拾即是，势如破竹，气如长虹，潇洒飞扬，意气风发，浑然一体，无不了悟，这是何等的快乐！

我还要说，智慧并且是一种美，智慧的品格是清明，是从容，是犀利，是周到，是轻松——举重若轻；又是严肃，是用心，是含蓄，是谦逊，是永远的微笑，是无言的矜持，是君临的自信，是白云的舒适与秋水的澄静，是绝对的不可战胜、不可屈服。学识也是一种美，学识是高山，是大海，是天空和大地，是包容，是鲲鹏和参天的大树，是弥漫无边的风，是青草和花朵，是永远的郁郁葱葱，是永远唱不完的歌。爱惜智慧和学识的美丽吧，虽然愚蠢永远仇视智慧，无知永远仇视有知，不学无术永远仇视学而有识，不明事理永远仇视读书明理。还是让智慧者爱学习者原谅并且帮助那些愚蠢无知而又自以为有两下子的可怜虫们多多少少的聪明一些再聪明一些，让仇视智慧的愚人们终于服膺于智慧的光辉之下吧。

说知论智

　　什么是智慧？是"知识多"吗？不。知识多，是渊博，是活字典，未必就是智慧。掉书袋（指说话好引经据典、卖弄学问）的人，学贯中西、文通古今的人，是学问大家，但未必是最好的智者。仅仅有一种绝活，人们会称赞你心灵手巧，称呼你是能工巧匠，却不一定认为你很有智慧。

　　今天，追求技巧、想走捷径成功的人越来越多。这又是"智慧"吗？不，最多是心眼多，是投机取巧，是机灵鬼。智慧要求远见，要求眼光，要求对于对象的整体性把握，要求不仅经得住一时一地一事的考验，而且经得住较为长期与全面的检查。智慧要求举一反三，融会贯通，要求有所不为，有所作为，要求学有新意，事有新意，言有新意。

智慧，是指人的一种高级的、主要是知性方面的精神能力。"智"强调的是知识与胆识，是能够做出正确的判断、估量、选择与决策。"慧"主要是悟性，是对于是非、正误、成败、得失等的迅速感受与理解掌控。

尽管智慧给人的印象首先是一种能力，但能力不可能完全脱离品质与境界。我们说到远见、大局、明辨、敏锐与周全，说到选择与决策、承担与应变、淡定与冷静、正视与勇气，这都不是鼠目寸光、私心杂念、斤斤计较、患得患失、蝇营狗苟、妒贤嫉能、夸张矫饰、胆小怕事、苟且偷安的人所能做得到的。相反，只有具有远大目光与胸怀的人，具有谦逊兼听、从善如流品德的人，具有求知好学、服膺真理性格的人才能做得到。

我还喜欢讲一句话：智慧是美丽的。智者会有更好的风度，更宽阔的心胸，更从容的举止，更自如的挥洒，更多的包容与耐受，当然也有更多更多的自信、自尊、自爱。

在中国古人那里，不常用智慧这个词，而喜用"知"。儒家讲得更多的是"学"字，要人重视学习，重视切磋琢磨。老庄常常抨击或贬低知，提倡厚朴，反对滥用智谋。老子讲大成若缺、大盈若冲、大巧若拙、大辩若讷，这些意思都与我们今天讲的"大智若愚"相通。真正的大智是深藏的，是不那么张扬外露的。这也包含了警示人们不要耍小聪明、不要一心投机取巧、不要聪明反被聪明误的意思。

大的智慧，不等于万事通，事事通。有些有大智慧的人，某件小事上可能冒傻气。比如牛顿，为了便于家里一大一小两只猫出入，要求木匠在大门上凿出大小两个猫洞；因为着迷做实验，煮鸡蛋时却心不在焉地把怀表放进了锅里。

怎么获得智慧？自然要汲取全世界的一切智慧成果，弘扬民族文化的益智精华，倾听时代高端与科学前沿的信息与呼唤。更重要的是，面对我们的生活实践，有所实验、有所创新、有所尝试、有所撷取、有所思索、有所发现、有所见解。智慧的依据是生活，是世界，是实践，而不仅仅是书本。